13歳のホロコースト

少女が見たアウシュヴィッツ

エヴァ・スローニム
訳◆那波かおり

Gazing at the Stars
Memories of a Child Survivor
Eva Slonim

亜紀書房

愛する息子マルコムの永遠の思い出に

GAZING AT THE STARS:
MEMORIES OF A CHILD SURVIVOR
by Eva Slonim

Japanese translation rights arrangement with Black Inc., Collingwood, Victoria
through Tuttle-Mori Agency, Inc., Tokyo

本書の舞台

ベルリン
ポツダム
ワルシャワ
ドイツ
ポーランド
ルブリン
ワイマール
プラハ
アウシュヴィッツ
チェコスロヴァキア
ジリナ
ポプラト
リュボフニャ
ニトラ
ブラチスラヴァ
セレト
ダッハウ
ウィーン
ミュンヘン
マッテルスブルク
ブダペスト
シャールバール
オーストリア
ハンガリー
イタリア
——1937年の国境
------1939年のスロヴァキアの国境

おもな登場人物

エヴァ・ヴァイス
オイゲン◆エヴァの父親
マルガレート◆エヴァの母親
クルティ◆エヴァの兄
ノエミ◆エヴァの妹
マルタ◆エヴァの妹
ユーディト◆エヴァの妹
レナータ◆エヴァの妹
ルート◆エヴァの妹
ロザンナ◆エヴァの妹
ハンナ◆エヴァの妹

ソロモン◆エヴァの父方の祖父
ルツェナ◆ソロモンの妻
レオポルト◆エヴァの母方の祖父
ヨハンナ◆レオポルトの妻

ダーヴィット◆エヴァの伯父
フリーダ◆ダーヴィットの妻
シャム◆エヴァの叔父
ディナ◆シャムの妻

マリア・ヴォルシュラガー◆ヴァイス家の子守り

クランプル◆エヴァの父の会社を引き継いだ人物
ヘネク・ロートシュタイン◆アウシュヴィッツからの逃亡者
ゴンバーリク◆フリンカ親衛隊の隊長
グレーテ◆エヴァの友人
ヨーゼフ・メンゲレ◆アウシュヴィッツ＝ビルケナウの医師

13歳のホロコースト◆少女が見たアウシュヴィッツ

目次

子供時代

ブラチスラヴァ◆パリサーディ通り
一九三〇年代初頭

そこで何があったとしても、わたしの記憶にあるブラチスラヴァという都市は美しい。街中をドナウ川が滔々《とうとう》と流れ、お天気のよい日には舟に乗って、あるいは橋を渡って、対岸の森林公園へピクニックに行った。

一九三一年八月二十九日、わたしはオイゲンとマルガレート・ヴァイスの第二子として、ブラチスラヴァに生まれた。第一子のクルティが両親の間に生まれた唯一の男児、わたしにとっては唯一の兄だ。クルティはわたしより一歳上で、始まったばかりの家族にとって、たったひとりの男の子だった。母はわたしのあとに八人の女の子を出産した。ノエミ、マルタ、エステル、ユーディト、レナータ、ルート、ロザンナ、ハンナ。妹たちはほぼ年子として生まれ、エステルだけが赤ん坊のときに亡くなった。

わたしたち一家は、三階建ての集合住宅に暮らしていた。大統領公邸の向かいに位置する印象的な建物で、そこが〝パリサーディ六〇〟と呼ばれていたことも憶えている。

パパはママ——マルガレート・ケルペルと結婚する前に、このパリサーディ六〇番地の建物を購入した。ふたりは知人の仲立ちで結婚を決め、一九二九年、ママの生まれたオーストリアのマッテルスブルクで式を挙げた。そのとき、パパは二十六歳、ママは二歳年下だった。

当時、若い男は家族を養えるだけの仕事に就くまでは結婚できなかったものだが、パパは大学在学中から始めた生地屋を繁盛させていた。一日じゅう働き、夜行の旅であちこちへ商談に出かけ、仕事の合間に会計学や繊維工学を勉強した。進取の気性を持ち、働くことの大切さを労を惜しまず子供たちに教えようとした。

夏が来ると、わたしたち一家はタトラ山地に出かけ、リュボフニャにあるユダヤ人向けのリゾートで休暇を過ごした。そこは高い木々に囲まれた山間《やまあい》の優雅なホテルで、ユダヤ教の掟《おきて》に適《かな》った食事が用意され、毎日焼きたてのロールパンを食べることもできた。仕事で忙しいパパは、いつも休暇の途中から家族に合流した。

わたしたち姉妹は丘の斜面をごろごろ転がる競争をした。妹のノエミとは、どちらがたくさんのロールパンを食べられるか競い合った。パパはそんなわたしたちを見守りながら、ロールパン一個を食べるごとに一コルナ＊1をくれた。兄のクルティは、ひとりで読書するのを好む引っ込み思案な少年だった。妹のマルタはお転婆《てんば》で愛らしかった。あるとき、ひとりのおとながこんなことを言った。「あなたったら、食べちゃいたいくらいかわいいわね」マルタはこう答えたものだ。「だったら、あなたの子供たちから先にたいらげてください！」リュボフニャにはプールがあって、子供同士なら男女いっしょに泳ぐことも許されていた。

パパの父親ソロモン・ヴァイスは、スロヴァキアの小さな街トルナヴァで育った。彼の妻のルツェナ・ルーヴェンローゼンはユーゴスラヴィアの出身だった。わたしの両親が結婚した翌年に、祖父母もパリサーディ六〇に移り住んだ。わたしたちが〝じいじ〟と〝ばあば〟と呼んだふたりの住まいは中二階にあって、通りに面した大きな両開きの扉をくぐって階段を十段ほど昇れば、そこがじいじとばあばの部屋だった。

わたしたちは――とりわけパパは、じいじとばあばを敬い、店のレジスター前の高い椅子という権威ある場所をじいじに預けた。じいじは長身のきりっとしたハンサムで、小粋なあご鬚《ひげ》を生やし、黒のスーツに帽子が似合う。ばあばは、どちらかと言うと夫の陰に隠れているタイプで、裾が床まである黒のロングドレスに、みごとな編み上げのショートブーツを履き、黒の手袋につば広の帽子をかぶっていた。ばあばはどこへ行くにも、市場《いちば》へ買い物に行くときでさえ、この装いだった。

パパは日に二度、両親を訪ねた。安息日《シャバット》には、まず両親の住まいで祝禱《キドウーシュ》を唱え、それから階段をあがって我が家で同じことをする。父は心から両親を敬愛していた。

父の兄ダーヴィットも、妻のフリーダと四人の子といっしょに、パリサーディ六〇の二階に暮らしていた。子供たちの名は、ガブリエル(愛称ボボ)、エルンスト、ミリアム、ルティ。フリーダはニトラのハベル家の出身で、ニトラからブラチスラヴァまで知れ渡る美貌の持ち主だった。

安息日が来ると、わたしたちは祖父母の住まいで、三回目の食事《セウダー・シリシット》をとった。男たちがテーブルの片側につき、女と子供たちは反対側についたが、それがしきたりだったのかどうかは記憶にない。もしかしたら、たまたまそうなっただけかもしれない。女たちはいっしょにすわっておしゃべりをするのが好きだ。わたしのお気に入りの話し相手はいとこのミリアムと妹のノエミ。わたしはふたりの真ん中にすわり、服やおしゃれについて飽くことなくしゃべりつづけた。

古くて大きなパリサーディ六〇に暮らす一族のみながみな、とても親密だった。こんなふうに親族がいっしょに暮らすのは一般的ではなかったが、パパの一族への献身がわたしたちを特別に強い絆《きずな》で結びつけていた。

1＊チェコスロヴァキア共和国の旧貨幣単位。

ヴァイス家とケルペル家

ブラチスラヴァ◆パリサーディ通り
一九三〇年代

パパとダーヴィット伯父さんは〝ヴァイス兄弟商会〟という生地屋を共同経営し、ブラチスラヴァの中心街ミハルスカー・ブラーナ一二―一四に店舗と事務所を構えていた。

店には大きなショーウインドーがふたつあり、通行人にはそのガラス越しにレジスター前の高い椅子に誇らしげにすわるじいじと、背後にある商品を詰めたふたつの棚が見えた。建物の二階は事務所兼倉庫になり、店の自慢の品であるポプリンとダマスク織りの反物《たんもの》が大量に保管されていた。

店のお客の大半は刺繍《ししゅう》で生計を立てている農家のおかみさんたちだった。ダーヴィット伯父さんのほうが気長で辛抱強く、パパより客商売向きだったので、パパはお客の相手を伯父さんにまかせ、自分は階上の事務所で仕入れと製造と卸しの仕事に精を出した。商談をぐずぐず引き延ばす相手に当たると、さっさと退散するか、ダーヴィット伯父さんに全部預けてしまった。

父の弟、シャム叔父さんは、ドゥナイスカー・ストレダの街にあるユダヤ教の全日制の高等教育機関コーレールで熱心に勉強し、妻ディナとの間に六歳を筆頭に四人の子――エフライム、ギトル、モシェ、イトル——がいた。長いあご鬚をたくわえ、つねに四隅の房《ツイーツイート》を身につけ、いかにも厳格で正統的なユダヤ人の風貌だった。コーレールで学ぶ男性は誰ひとり生業《なりわい》を持たず、一家の生計はその妻の肩にかかっていた。

そこで、パパがシャム叔父さんのためにドゥナイスカー・ストレダの街に小売り店を開き、ディナが店番をまかされた。店の商品はパパからの提供で、叔父さん一家はその売り上げで暮らしを立てた。パパもダーヴィット伯父さんも働かずに勉学に打ち込めるような境遇には一度としてならなかったが、細かいことは気にせずシャム叔父さんを支えつづけた。

ユダヤ教の大きな祭日のたびに、シャム叔父さん一家がブラチスラヴァにやってきた。数あるお祭りの中でも、わたしは過越祭《ペサハ》*1がいちばん好きだった。一族のみんなに会えて、学校が休みなので時間がたっぷり使える。しかし何より心が躍ったのは服が新調されることだった。

祝日《ヨム・トーブ》が来ると、新しい服に袖を通し、髪にリボンを結んで、レース飾りのついた靴下を履いた。その恰好で、いとこや妹たちと過ごすのが大好きだった。みんなの服を新調するために、過越祭の二、三週間前に仕立て屋がうちにやってきた。既製服を買うことはなく、寝間着の襟《えり》に刺繍するのも、家族の女たちの手仕事だった。

ママがわたしたち姉妹を集めて縫いものを教えようと計画したことがある。わたしは針仕事が苦手で、最初のときに布地に大きな穴をあけ、次からはそれを言い訳にお稽古をさぼるようになった。

わたしのお気に入りは、淡い空色のオーガンジーのワンピースで、フランス第一帝政時代風のハイウェストに仕立てられていた。布地とよく合うサテンのリボンが胸もとに渡され、リボンの両端が裾まで垂れている。足もとは白のエナメル靴。このワンピースを着ると肌が痒《かゆ》くなるのだが、あまりにきれいなので、そんな不快さもなんのそのだった。

祭日の食卓は、ママとフリーダがつくる典型的なユダヤ料理で埋め尽くされた。芋団子《クネーデル》入りのチキン・スープ、茹《ゆ》で魚のナッツ添え、ガチョウの大きな丸焼きとその肝臓《レバー》、野菜料理《ツイメス》(ユダヤの魚料理として知られるゲフィルテフィッシュについて、わたしたちは聞いたこともなかった)。わたしたちはご馳走を食べ、歌を歌った。じいじは女ではなく男に生まれてよかったという歌を歌いたがったが、ママはこの歌をいやがり、じいじが歌い始めるといつも横やりを入れた。

*

ママは、強い信念と勇気を内に秘めた、もの静かな女性だった。ママの両親、レオポルト・ケルペルとヨハンナ・ライヒフェルトは、そもそもは実のいとこ同士で、ふたりの間にはママのほかにエルツィとアランカという娘、マックスという息子がいた。ママはマッテルスブルクの小さな集落で、大勢のケルペル一族の人々とともに育った。パパはこの土地のことを〝マッテルシュトラーフ〟と呼んだ。〝いくつもの罰〟という意味なのだが、パパがそんなふうに呼ぶのも、祖母ヨハンナが見えない鉄のこぶしでこの小さな町を支配しているからだった。

　ケルペルおばあちゃんは、小麦と小麦粉を商うケルペル一族の原動力だった。小柄だが活力に溢《あふ》れ、製粉所の人々から尊敬されていた。その歯に衣着せぬもの言いは、母親ゆずりだったと聞いている。わたしは曽祖母には会ったことがないのだが、その人もまた親戚の間で語りぐさになっていた。その人の娘、ケルペルおばあちゃんは、電話という発明品の話を初めて聞かされたとき、憤慨してこう言った。「あたしゃ年寄りだけど、そんな法螺《ほら》話にだまされるほどボケちゃいませんよ！」おばあちゃんはいつも自分の部屋の窓辺にすわり、通り向かいにある一族の事業所に出入りする従業員を観察し、誰が時間をきちんと守るかをノートに書きつけた。誰が勤勉で誰が怠《なま》け者かを把握し、従業員の雇用を牛耳《ぎゅうじ》る権威として君臨した。

　わたしたち子供は長い休暇や、ときには〝ユダヤ暦の新年祭《ローシュ・ハシャナー》〟をケルペル家で過ごした。その家は簡素だったが、手入れがゆきとどいていた。通りから中に入ると、居間と食堂と台所を兼ねた大きな部屋があった。台所の横手にいくつかの寝室があり、家の裏では馬や山羊、鶏などが飼われていた。家にはちりひとつ落ちていなかった。ケルペルおばあちゃんがつねに采配《さいはい》を振って、家の掃除や修繕をさせていた。その家でわたしは心からくつろいで過ごし、子供たちだけで通りをぶらつき、走りまわり、小さな町ならではの安心感を満喫した。

　そう言えば、ケルペル家はマッテルスブルクの中でいち早く電気を引いた家だった。家族の集う部屋の真ん中に天井から裸電球が低く吊されていたことを憶えている。その真下に置かれた椅子にケルペルおばあちゃんがすわり、裸電球の明かりでドイツの詩人、シラーやゲーテの詩を朗読してくれた。安息日には十六世紀の終わりにイディッシュ文学者のアシュケナジがまとめた、婦人のための聖書と言われる〝ツェノ・ウレノ（行け、そして見よ）〟を朗誦《ろうしょう》した。トーラー*2を読み聞かせるときには特別に熱が入った。幼いわたしは、おばあちゃんが朗読する姿を見つめるのが好きだった。一字たりとも逃すまいという気迫が、おばあちゃんの独特のまなこに宿っていたからだ。

ケルペルおじいちゃんは、長年にわたって地域共同体の指導者〝ローシュ・ケヒラー〟を務めていたので、共同体のあらゆる問題がおじいちゃんのもとに持ち込まれた。わたしは祖父とはそんなに多くの時間を過ごしていない。祖父は隣にすわって昔語りをしてくれるようなおじいちゃんではなかったが、よく歌を歌い、わたしは椅子にすわってその歌を聞いた。祖父が〝オイフン・プリペチェク*3〟を歌うときの甘やかだが哀切な調子はいまも耳の底に残っている。

ケルペルおじいちゃんには、シャヤ・バチと呼ばれる弟がいた。ある新年祭の前日、わたしたちがマッテルスブルクを訪ねると、シャヤ・バチが死んだというまことしやかな噂が流れていた。集落の人々が次々とケルペル家にあらわれてお悔やみを言い、葬式はいつかと祖父に尋ねた。祖父はうんざりした顔で、家の中に入るように言った。葬式ならいますぐ行われるから、と。

家の床には白いシーツにくるまれてシャヤが横たわっていた。一同が部屋に入ったとき、シャヤが両手を宙に突き出し、ゆっくりと起き上がった。まるで死者がよみがえるみたいに。

「生き返ったぞ《ギルグール》！　生き返ったぞ《ギルグール》！」人々が口々に叫んで、大騒ぎになった[*4]。

マッテルスブルクは小さな町で、高等教育を受けられる学校がなかったので、ママはハンガリーに送られ、伯母の家、ローヴィンガー家に寄宿して学校に通った。ローヴィンガー家には伯父と何人かのいとこもいた。機知に溢れ、知性と教養を備えた一家として知られていたそうだ。ママはこの地でピアノを習い、クラシック音楽を愛好するようになった。学校が休みになると、ハンガリーから帰省する途中でウィーンに立ち寄り、買い物をした。ショッピングが大好きな、マッテルスブルクの田舎娘だったママは、パパと結婚することで、なんの苦労もなくブラチスラヴァの優雅に着飾った女性たちの仲間入りを果たすことができたのだ。

ママは良質なものを見抜く目と流行をとらえる勘を持っていた。裾丈が不揃いなスカートもはきこなし、足もとはハイヒール、頭には美しいシェイテル[*5]をかぶり、冬になると狐の毛皮を肩にはおった。

ママのセンスのよさがパパの自慢だった。パパはママが自分のための買い物をするように背中を押した。母は女傑《じょけつ》のケルペルおばあちゃんよりおとなしい人だったし、パパがつねにボスだったけれど、ママの知的なところがみんなから尊敬されていた。熱心な読書家で、わくわくさせるお話を書き、家を切り盛りした。

パリサーディ六〇にいるときの午後、パパとママは居間でチェスをした。居間に入って左手の壁に手描き模様のタイルを張った大きな暖炉があり、煙突が天井まで伸びていた。暖炉の反対側の壁には赤いヴェルヴェットの大きな長椅子。夜にはそこで兄のクルティが眠った。床はよく磨かれ、精緻な模様のペルシャ絨毯《じゅうたん》が敷かれていた。その絨毯は戦争の惨禍を生き延びて、いまわたしの家の床にある。

この絨毯を見るたび、わたしはママとパパとパリサーディ六〇の日々を思い出す。パパがいつも髭《ひげ》をきちんと手入れし、流行りの服を着こなしていたこと。夫婦で観劇に行くとき、ママが毛皮のショールをはおったこと。国外に出張したパパがお土産を――メロンやバナナ、デーツの実、無花果《いちじく》など、異国の果物をいっぱい抱えて家に帰ってきたこと。ママが着ていた手織りリネンの服のひだ、食堂にあったマホガニーのテーブルの深い色合い、色とりどりの花々や風景の刺繍を飾った壁、食卓にすわったわたしの頭上に吊されていたクリスタルのシャンデリア、濃いベージュのカーテン、隅に寄せたカーテンをきっちりとまとめていたリボン――。繊細なミニチュア細工の置物を並べたガラスケースのことも忘れない。そこにあった銀製のダイニングテーブルと椅子、カップとソーサー、小さく美しく細やかにつくられたものすべて。ときどきは特別なご褒美《ほうび》として、そのミニチュア細工でままごとをさせてもらえた。

＊

それは、わたしたちユダヤ人がコスモポリタンとして生きていた時代だった。少女のわたしは、パリサーディ六〇のバルコニーから通りの向こうに広がる大統領公邸の庭園をよく眺めた。我が家の真正面にある〈カフェ・シュテファーンカ〉が、ブラチスラヴァのおしゃれな若者たちの溜まり場になっていた。カフェの客たちの会話の声、ケーキとコーヒーの香りが、通りを渡ってわたしのところまで流れてきた。そのときに見た光景も嗅いだ匂いも間違いなく現実であり、わたしが未来に思い描く人生の一部だった。ただ、〈カフェ・シュテファーンカ〉のケーキは、ユダヤ教の掟に適した食べ物、すなわちコシェルではないから、わたしは食べるのを許されなかったけれど。

パリサーディ六〇の大きなバスタブには金色の猫足がついていて、週日にはそこに生きた鯉《こい》が放たれた。木曜日の夜に鯉を取り出し、翌金曜日、バスタブを洗ってお湯を張り、湯浴みして髪を洗った。鯉は安息日の料理になった。教会堂《シナゴーグ》にお祈りに行くとき、パパは安息日に持ってはいけないもの——財布やペンや仕事の書類を白いナプキンにくるんで布の端と端を縛った。礼拝から戻ると、わたしたちの頭にナプキンを置いて祝福し、特別な祈りを唱えてくれた。それは当時のわたしにとって疑う余地のない絶対的なものであったし、いまのわたしにとっても同じだ。家族との暮らしは、わたしがユダヤ人であるという自覚の底に深く根づいている。

我が家の台所はコシェルを厳守した。近所の少年たちが学塾《イエシヴァ》で学ぶ週には、毎晩、パパが帰宅する前に我が家の台所で食事をふるまった。ママが台所のボスであり、ユダヤ教の掟を守って肉を浄《きよ》めた。屠《ほふ》った肉を切るときには血が流れ落ちるように傾斜のついたまな板を使った。そのあと肉を半時間水に浸して、まんべんなく粗塩をまぶし、これを一時間置いたのち、さらに洗って完璧に血抜きをした。

ママは料理もひとりでこなした。何を食べてもおいしかった。わたしはグーラーシュ[*6]にジャガイモ入りのノッケルン[*7]を添えた料理が好きだった。ノッケルンをパプリカ・ソースの鶏のグリルといっしょに食べることもよくあった。

何より忘れがたいのは安息日のご馳走だ。金曜日の午後、チョレント[*8]の鍋をパン屋に持っていくのはわたしの役目で、翌日かまどの火でいい具合に煮えたところをお手伝いさんといっしょに引き取りにいった。豆と燻製《くんせい》肉の煮込みから香《かぐわ》しい匂いが立ちのぼり、うちの分は〝ヴァイス〟という店名の入った茶色の包装紙でくるまれていた。この煮込みを、ママが安息日のために特別に焼く卵入りのハッラー[*9]といっしょに食べた。

その中でもいちばんのご馳走は、自家製のイーストで膨らますケーキとシュトルーデル[*10]。ウィーン式シュトルーデルの生地をママは両手で引っ張っては放りあげ、台所の調理台と同じくらいの長さになるまで薄く引き伸ばした。生栗をつぶしたペーストを練り込んで焼いたシュトルーデルのおいしさをいまも思い出す。ママはときどき、チョコレートで甘味をつけた栗のペーストも食べさせてくれた。

台所の端に大きな食品庫があり、寒い冬にそこにガチョウの脂《あぶら》をしまうと、ひと晩でしっかりと固まった。その脂とパプリカを黒パンに塗って食べた。あれと同じ風味をその後一度も味わったことはなく、いまもたまらなく恋しい。最初の子を妊娠したとき、あの脂をむしょうに食べたくなったが、そのときわたしはすでにオーストラリアにいて、鶏の脂しか手に入らなかった。わたしは鶏の脂を冷凍庫で固め、パプリカといっしょにパンに塗って食べた。そのあげく気分が悪くなり、まるまる二日間苦しんだのだった。


1＊旧約聖書の出エジプト記に由来する春の祭り。エジプト脱出と奴隷からの解放を記念する。イーストを使わないパンを焼き、家族とともに祝いの食事をするのが習わし。

2＊旧約聖書のモーセ五書——創世記、出エジプト記、レビ記、民数記、申命記。広義にはユダヤ教の教えを指す。

3＊十九世紀のウクライナに生まれた詩人で作曲家、マーク・マルコヴィチ・ワルシャフスキーがつくったイディッシュ語の歌。ラビが炉辺で子供たちにアルファベットを教える情景を歌っている。

4＊ユダヤ教の伝統にもとづく神秘主義思想カバラにおける輪廻をあらわす言葉。

5＊ユダヤ人の既婚女性がかぶる伝統的なかつら。

6＊パプリカなどの香辛料で牛肉と野菜を煮込んだシチュー。

7＊小麦粉と水を練ってつくる団子状の食べ物。イタリア料理で言うニョッキ。

8＊肉と豆と野菜をとろ火で煮込んだユダヤの伝統料理。

9＊安息日や祝祭日に食べる縄編み状のパン。

10＊小麦粉を練って薄く伸ばした生地で詰め物を巻いた甘い菓子。

悪い予感

ブラチスラヴァ◆パリサーディ通り
一九三八年

パリサーディ六〇は、わたしの遊び場だった。格子垣に囲まれた小さな中庭があり、夏になると垣根に葡萄《ぶどう》が熟した。屋根裏部屋もあり、子供たちは干した洗濯物の間で、兵隊ごっこや着せ替え人形遊び、すごろくに興じた。ある午後、いとこが洗濯物の中から当時は布製だった月経用ナプキンを見つけた。わたしたちはそれが何かも知らず、特別な兵隊の帽子のように頭に載せて建物のまわりを行進した。

両親の寝室と隣り合わせの子供部屋で遊ぶことも多かった。庭を見おろす窓の窓台の下に上部が平らな石炭ストーブが置かれ、寒い冬の日々には子守りのマリア・ヴォルシュラガーが、学校から帰ってくる子供たちのためにそこでスープを温めた。

マリアはドイツ生まれだったので、彼女との会話もドイツ語だった。学校では公用語であるスロヴァキア語で勉強し、友だちと話したけれど、両親と話すときはドイツ語だった。両親は子供たちに聞かせたくない話があるときだけハンガリー語を使った。

ブラチスラヴァにはユダヤ人の通う学校がふたつあり、ひとつは伝統を重んじる正統派、もうひとつは進歩的な改革派だった。ヴァイス家の子供たちは、家から歩いて十五分の正統派の学校に通った。制服は白いシャツに紺色のスカート、冬には毛糸の靴下とゴム長靴《ながぐつ》を履いた。

夏の通学は心地よかったが、冬の雪道はつらかった。毛糸の靴下にゴム長靴、イヤーマフに帽子をかぶっても、骨がきしむほど寒い。毎日膝まで雪に濡れそぼち、泣きながら家に帰った。玄関で濡れた上着を脱ぎ捨て、ストーブのある子供部屋に駆け込み、スープのカップで両手とお腹を温めたものだった。

＊

ブラチスラヴァのチーフ・ラビはシュライバー師といい、その娘テアはわたしたちと同じ学校に通っていた。シュライバー師一家はブラチスラヴァでもっとも瀟洒《しょうしゃ》な集合住宅のひとつに住んでいた。わたしたち一家はときどき午後のお茶に招かれ、ホットチョコレートをご馳走になった。

父があるとき、厄介なことが始まったらパレスチナに逃げたほうがいいのだろうか、とシュライバー師に尋ねた。

「いいえ」と師は答えた。「救世主《メシア》のほうからブラチスラヴァにやってきてくださいますよ」

しかしそう言った当のシュライバー師が、その後、家族を連れてパレスチナに逃げた。

正統派の学校に通ってはいたが、わたしたちの属するユダヤ人コミュニティは近代的で、つまり超保守的な敬虔主義《ハシディズム》に準ずることなく、豊かで洗練された暮らしを楽しんでいた。日曜日、おとなたちは連れ立って、ドナウ川沿いの遊歩道を散策した。女性は帽子と手袋を身につけ、毛皮のコートをまとうか狐の襟巻《えりま》きを肩から垂らした。男性は流行の上着と帽子。寄り添って歩きながら、すれちがうカップルと穏やかに会釈を交わし合った。

わたしたちの通う教会堂《シナゴーグ》には凝った彫刻の装飾が施されていた。女性たちはおしゃれをして出かけ、衝立《ついたて》で隔てられた二階席でお祈りをした。もちろん、そこにはおしゃれの自慢や競い合いも少なからずあったと思う。

クルティは我が家で唯一の男児だったので、ラビのアインホーン師から毎日ヘブライ語とトーラーの個人教授を受けた。アインホーン師は見たこともないような太い指の持ち主で、クルティの注意が少しでも逸《そ》れると、その指で容赦なく兄の耳を引っ張った。わたしと妹たちはその部屋に入ることを許されなかったけれど、自分たちも何か学べないものかとドアに耳を押し当てた。

クルティは本の虫だった。パパは長男に商売を継がせたくて早くから仕事を教え込もうと画策したが、クルティは一日じゅうテーブルやソファの陰に隠れて、本を読んだりヘブライ語で詩を書いたりするのに没頭した。一刻も早くパレスチナに移住したいというクルティの熱情がその文学熱をさらに焚《た》きつけていた。

兄のシオニズム[*1]への傾倒は、若者たちの運動組織、ブネイ・アキバ[*2]の集会に通うことによっていっそう熱を帯びた。そして、わたしもブネイ・アキバのメンバーになった。わたしは、ユダヤ人としていかにして明るい未来に希望を託すかをブネイ・アキバから学んだ。アウシュヴィッツにいた暗黒の日々、わたしを支えつづけたのは、パレスチナの地でもっとましな人生を送るという希望の灯《ひ》であり、その灯をけっして絶やさない能力だった。いまに至るまで、そう信じている。

わたしは子供ながらに信念が強く、八歳のとき、ブラチスラヴァにあるブネイ・アキバの移民局にひとりで行き、パレスチナへの移住を登録しようとした。当然ながら両親は反対したが、あとになってパパとママはそれをひどく後悔した。

しかし、未来のことなど、どうしてわかるだろう？　誰がそれを知り得るだろう？　パリサーディ六〇の暮らしは幸福で満ち足りていた。そこには先祖から受け継いだ伝統も、現代的で世俗的な日常もあった。毎日午後になると、子供たちはマリアに連れられて公園へ行き、ユダヤ人ではない近隣の子供たちと遊んだ。わたしたちはどこにでもいる子供だった。ここが自分たちの住む世界だと信じていた。

わたしの人生は、家族とユダヤ人であるという自覚と、幸福と豊かな暮らしによって満たされていた。なぜ八歳のとき、そこから出てパレスチナに行こうと決意したのか、いまも不思議に思う。もしかしたら、その後に待ち受ける果てしない悪夢を、わたしはかすかに予感していたのかもしれない。

1＊古代パレスチナにあったイスラエル国家を再建し、帰還することを目指すユダヤ人の運動。

2＊一九二〇年代終わりに設立されたシオニズムを推進するユダヤ人の若者たちの国際的な運動組織。

襲来

ブラチスラヴァ◆パリサーディ通り
一九三九年

それは一九三九年三月[*1]、うららかな気候がつづく、過越祭《ペサハ》の少し前の日だった。両親が居間でチェスをし、わたしが食堂にいてお気に入りの銀のミニチュア細工で遊んでいるとき、突然、耳慣れない物音が静けさを破った。

その禍々《まがまが》しい音は、窓の外の通りから聞こえてきた。打ち鳴らされる太鼓、整然とリズムを刻む軍靴《ぐんか》の音。まだ距離はあるが歌声も聞こえた。わたしは窓辺に駆け寄って通りを見おろし、そこにライフルを掲げて行進するいかめしいドイツ軍を見た。兵士らが歌っていた――〝きょうドイツが我らのものなれば、明日は世界が我らのものとなる《デン・ホイテ・ゲヘート・ウンス・ドイチュラント・ウント・モルゲン・ディ・ガンツエ・ヴエルト》〟。

子守りのマリアが小躍りし、そのわずかに斜視の目が涙で濡れていた。「こんな日を迎えられるなんて、生きてた甲斐《かい》があったわ！」彼女はそう気炎をあげると、勝利を祝うようにこぶしを突き上げた。

わたしはとまどった。同じ屋根の下で暮らしてきたうちの子守りのマリアが歓喜に酔い、一方、彼女の雇い主である両親は打ちひしがれている。頭の中が真っ白になった。

*

悪い兆しはその前からあった。

前年、すなわち一九三八年のある日、オーストリアに暮らしていた母方の祖父母、レオポルトとヨハンナ・ケルペルが、母の妹のエルツィとアランカを伴って、我が家の玄関口に突然あらわれた。旅荷も所持金もなく、マッテルスブルクの家を追われて、ほとんど着の身着のままでブラチスラヴァにたどり着いたのだ。

数日後、今度は母の兄のマックスが奥さんのロッシとともに我が家に到着した。マックス伯父さんは怒り心頭で、ブラチスラヴァの街に対する憎悪をパパにぶちまけた。「オーストリアにいるときとおんなじだ。ここでもおれたちは憎まれる。手遅れにならないうちに、パレスチナに移住しなければならんな」

パパはうなずき、手持ちのお金が底をついたマックスとロッシに、パレスチナのハイファまで船で行く旅費を手渡した。

わたしはわけがわからなくなった。なぜ彼らが行き、わたしたちが残るの？　マックスとロッシにとって危険なら、わたしたちにとってもこの街は危険なんじゃないの？

街でユダヤ人が殴られたという話があちこちから聞こえてきた。近所の人たちが、いや、友だちさえもが、背を向けた。それどころか、わたしたちなどまるで人間ではないかのように憎悪の言葉を吐き散らすこともあった。わたしが友だちに挨拶《あいさつ》すると、ひと月かそこら前までは公園でいっしょに遊んでいたのに、見知らぬ他人であるかのように顔をそむけた。わたしは叫びたかった。「わたしは仲間でしょ！　パパもママも、じいじもばあばも、ずっとここで暮らしてきたのよ！」なのに、街の人たちは掌《てのひら》を返し、わたしたちを憎むようになったのだ。

マックスとロッシがテルアヴィヴに着いて数週間後、新生活が落ちつき始める頃を見計らい、パパは手紙を書き、ママの両親をパレスチナに送り出すので面倒を見てもらえないだろうかと頼んだ。ロッシ伯母さんはにべもなく義父母を引き受けるのを断ってきた。こうして、残されたわたしたちが、パパの両親とママの両親、四人の面倒を見るしかなくなった。長女だったわたしは、祖父母の世話をするために多くの時間を費やした。祖父母の部屋を掃除し、身の回りの世話をし、食べ物を運んだ。

夜、くたくたになってベッドに横たわると、テルアヴィヴにいるマックス伯父さんとロッシ伯母さんのことが頭に浮かんだ。わたしは彼らに、いや、すべての人に憤っていた。伯父さんが「手遅れになる前に」と言ったのはどういうことだったのか、とひとりで考えた。これ以上悪くなりようがあるんだろうか？

＊

ブラチスラヴァにドイツ軍が侵入し三日後、ナチス親衛隊（SS＊2）を模《も》したフリンカ親衛隊＊3が我がもの顔で街を歩き、ユダヤ人を逮捕したり、攻撃したりするようになった。

あれはよく晴れた日だったが、わたしはジフテリアにかかってベッドで寝ていたので、階下にある祖父母の住まいから大きな物音と叫び声があがるのを聞き逃さなかった。ベッドから起き出してママを捜し、何が起こっているのか尋ねようとした。玄関の間《ま》に立ちつくしたママは怯《おび》えきっていた。

突然、玄関扉が開き、フリンカ親衛隊の若者たちが押し入ってきた。彼らは両脇から抱え込んでいたじいじを床に投げ出した。祖父の顔は血で染まっていた。「命令にそむけば、おまえらもこうなるからな！」そう叫んで、彼らは引き上げていった。

わたしたちは祖父を立ち上がらせ、浴室まで歩くのを助け、血を洗い流した。祖父が言うには、フリンカ親衛隊が部屋に踏み込んできて、祖母の見ている前で殴られたという。階上のわたしたちの住まいまで運ぶ以前に、彼らは祖父の前歯を何本か折り、祖父の懐中時計の金鎖で首を締め上げていた。

それから数日後、わたしはまだ臥《ふ》せっていたのだが、フリンカ親衛隊が今度は我が家に押し入り、パパを拘束した。親衛隊は目ぼしい裕福なユダヤ人を狙って連行し、旧市街の監獄に集めて、解放するための保釈金を要求した。

ママは突然ひとりになってしまった。愛する家族の暮らす家をひとりで守り、夫の逮捕という恐怖の事態にひとりで立ち向かわねばならなくなった。パパがすべての面倒を見てくれることに慣れきっていたママに、夫の命までもがゆだねられたのだ。

翌日、ママは早くから起き出し、朝食を用意したあと、いちばん上等の服を着た。わたしは玄関から出ていくママがシェイテルを頭にかぶっていないのに気づいた。なぜ？　と訊きたかったけれど、おろおろして言葉が喉につかえた。ママは恐ろしいくらい張り詰めた表情で家から出ていった。

その日、ママはブラチスラヴァの中心街にある家業の店を買い取ってくれる人を探しつづけた。シェイテルをかぶらなかったのは、すぐにユダヤ人だとわかってしまうからだった。ママには商売の知識がほとんどなく、店がどれほどの価値があるのかもわからなかったが、持ち前の賢さと、必要に迫られたときの意志の力で、なんとか店の建物を相応の値段で売却することができた。

ママは売却金の一部で親衛隊を買収し、パパを釈放させた。わたしたちは幸運だった。この早い時期に逮捕された人々の多くがダッハウ強制収容所へ送られたからだ。彼らはその後、遺灰となって家族のもとに帰された。

＊

ドイツ軍が侵入してからの一週間、わたしの人生は最悪だった。パリサーディ六〇での幸福で安らかな日々が、夢の中の出来事のように思い出された。ある朝目覚めたら、そこから覚めない悪夢が始まったようなものだった。

その最初の一週間で、じいじが襲われ、パパが逮捕され、ママが以前のママではなくなった。たった一週間で、わたしの子供時代が終わった。わたしは子供の無邪気な心を永遠に失った。

誰かに泣きついた記憶はない。でも、わたしはいつも心の中で途方に暮れ、泣きべそをかいていた。もう何事も以前のように簡単には、穏やかには、安らかにはすまなくなっていた。

1＊一九三九年三月十四日、スロヴァキアはナチス・ドイツの影響下でスロヴァキア共和国として名目上の独立国となったが、これによって実質的には対外関係、経済方針、軍事においてドイツの支配下に置かれた。

2＊ヒトラーの護衛隊として始まり、ナチスが政権を獲得したのちは国の主要な保安・諜報組織を傘下におさめ、警察組織として独裁政治を支えた。絶滅収容所の設立、運営も行った。

3＊スロヴァキア共和国の独裁政党〝フリンカ・スロヴァキア人民党＝スロヴァキア国民統一党〟の民兵組織。ユダヤ人排斥政策のもとでユダヤ人の逮捕や強制収容所への移送を率先して行った。

なぜ立ち去らなかったのか?

ブラチスラヴァ◆パリサーディ通り 一九四一年

妹のレナータが一九四一年三月に生まれた。愛らしい赤ん坊の誕生は、我が家にたくさんの喜びをもたらした。しかし、ブラチスラヴァのユダヤ人共同体という大きな枠で言うなら、喜ばしいことなど皆無《かいむ》に等しかった。

反ユダヤ法が着々と敷かれ、わたしたちのもっとも基本的な権利が剥奪された。銀行口座が凍結され、家にある宝石や絵画や銀製品が——わたしのお気に入りの銀の燭台まで——没収された。債権はすべて帳消し。ユダヤ人だとわかるように、衣服に黄色い星を縫いつける屈辱を強いられた。

これら一連の出来事、つまりユダヤ人に対する迫害は、いまでは人が〝歴史〟と呼ぶ事実の集積の一部になっている。けれども、わたしはこれらの事実とともに日々を生きていた。そして、それはわたしの〝記憶〟の一部になった。

ブラチスラヴァのユダヤ人を迫害したのはスロヴァキアに侵入したナチスだったと〝歴史〟は語る。でも、それが九歳の少女をどんな気持ちさせたかについては何も語らない。ある日突然、父親がなすすべもなく見ている前で、兵隊に自転車を奪われるときにどんな気持ちになるか。父親は、このあまりに愚劣で倫理にもとる行為について、娘にちゃんと説明することができない。自分自身にさえ、なぜこんなことになってしまったのか、うまく説明できないのだから。

*

なぜわたしたち一家は立ち去らなかったのか。長い歳月を経てもなお、この問いかけが黒い雲のようにわたしの頭上に垂れ込めている。パパには自分のまわりで何が起きているか見えていないんじゃないの？　当時は何度もそう考えた。

ある日、兄のクルティが、目に痣《あざ》をつくり、唇を切って家に帰ってきた。パパが家に戻ったとき、クルティは駆け寄って言った。「パパ、学校へ行く途中で殴られたよ」

パパはうろたえたようすだったが、こう答えた。「クルティ、こんなことはめったに起きることじゃない。明日また学校へ行ったら、何もかもうまくいく」

翌日、わたしは学校へ向かうクルティのあとをこっそり追った。見つからないように、兄との間を百メートルほどあけた。通りから小路に曲がったところで、ヒトラー・ユーゲント＊1の少年たちが兄を待ち伏せていた。クルティは踵《きびす》を返して逃げようとした。

追いついた少年たちが兄を取り囲み、地面に突き倒し、脇腹や顔を蹴り、通学鞄の中身を地面にぶちまけた。

ようやく少年たちが立ち去ると、クルティは黙って起き上がり、鞄の中身を戻し、帽子をかぶり、学校への道を歩き始めた——パパから求められたとおりに。

わたしは家に駆け戻り、両親に見たことを打ち明けた。

「いまは、わたしたちにとって悪い時期だね」パパはそれに応えて言った。「いずれ、いまよりましになる」

＊

当時、スロヴァキアの首相、ヴォイテフ・トゥカが、我が家のあるパリサーディ通りと交わるシュテファーニコヴァ通りを散歩する姿がよく見られた。彼はカトリック教徒で、ヒトラーの信奉者だった。

ある日、わたしはシュテファーニコヴァ通りを歩いてうちに向かっていた。街を歩くときはいつもそうするように、胸もとに縫いつけられた屈辱の黄色い星を片手で隠していた。

前方からトゥカが歩いてくるのが見えた。我が家の向かいに広がる大統領公邸前広場を歩く姿を何度か見かけていたから、その顔は知っていた。磨きあげられた黒い長靴《ちょうか》と後ろで束ねた灰色の髪が恐ろしげに見えた。どうして、トゥカはわたしのほうを見るんだろう？　たまらなく不安になった。わたしの思い過ごしだろうか？　いや、そうではなかった。トゥカはわたしが黄色い星を隠そうとしているのに気づいていたのだ。

三歩の距離まで近づいたとき、一瞬、お互いを見つめ合った。彼の目の中にある憎しみに、わたしは凍りついた。

突然、トゥカがわたしの片腕をつかんだ。胸の黄色の星があらわになり、震えて動けないわたしの腹を、彼は長靴の先で蹴り上げた。わたしはふたつ折りになって、地面に倒れた。トゥカは立ちはだかって大声を張りあげた。「このユダヤ人の小娘、立て。立って、みなさんにおまえの星を見せるんだ」

通行人たちがにやにや笑い、是認《ぜにん》のうなずきを送った。

わたしはとっさに、通りかかった市街電車に飛び乗り、座席にすわった。ユダヤ人の着席がもはや許されていないことも忘れていた。すぐに向かいの席にいる年輩の女性が叫んだ。「見てよ、ユダヤ人のくせにすわってるわ。なんてずうずうしい！　出ていきなさい！」

わたしはすぐに立ち上がったが、乗客全員が彼女と結託し、わたしを電車から追い出した。

信じられない話だろうか。こんなことはあり得ないと思われるだろうか。では、どうしたら信じてもらえるだろうか。あり得ないことが、考えられないことが、次々に降りかかる時代だった。ユダヤ人を貨車に押し込めて移送し、絶滅させる——それもあり得ないことであったはずだが、いまは周知の事実となっている。

パパの目にはユダヤ人に対する迫害が見えていなかったのか？　そんなことはない。みずからの受難が見えていない者はひとりもいなかった。ただし、パパは主義を貫く人で、いつもみずからの力で困難を乗り越えようとした。

ナチスの動向を近視眼的に見るには賢くて知恵がはたらきすぎた。何も見えていなかったなら、即座に母の妹たちと従業員をパレスチナに送る船の手配などしなかったはずだ。パパは階下の店に出るようになり、客と話しながら家族を匿《かくま》う手助けをしてくれる人を探し始めた。

ママの妹たちがパレスチナにたどり着いたあと、我が家に届いた手紙には、その旅の過酷さが書き連ねてあった。船は避難する人々で溢れ、いまにも沈みそうで、食事も満足にとれず、病人は容態を悪化させた。パパはそれを知った時点で、老いた両親にパレスチナまでの旅は無理だと判断した。

体を壊してしまっては生きている価値がない――それもひとつの主義ではある。パパの両親への献身ゆえに、わたしたち一家はブラチスラヴァにとどまった。もし祖父母を残してこの街を出ていたら、パパは自責の念に苦しみつづけたことだろう。

そう、それが答え。わたしたちはとどまり、事態はますます悪くなった。

＊

1＊一九二六年に発足したナチス・ドイツの青少年組織。最初は党内の組織だったが、一九三六年より公式の国家機関となり十歳から十八歳の青少年の加入を義務づけた。

祖父の旅立ち

ブラチスラヴァ◆ユダヤ人街
一九四一年冬

一九四一年、初雪の頃、母方の祖父が肺がんと診断され、街の反対側にあるユダヤ人病院に送られた。わたしと母は市街電車に乗ってお見舞いに行くようになった。

ある午後、ママはひとりで祖父の病院に行った。みずからの死期を悟った祖父は、娘に人生最後のお願いをした。「赤い林檎《りんご》の味がむしょうに懐かしいんだよ」

数日後、ママと市街を歩いているとき、ママが一軒の店の前で足を止めた。店の露台にみごとな林檎が山になっていた。ママはその林檎を物思わしげに見つめた。

「どうしたの?」とわたしは尋ねた。

「父さんが林檎を食べたがってるの。でも、林檎を買って、病院まで市街電車に乗っていくだけのお金がないわ。林檎を持っていってあげるなら、病院まで歩かなくては」

ユダヤ人が街中を歩くのは危険なことだったけれど、わたしたちは林檎を買い、病院までの長い道のりを歩いた。こうしてケルペル家の祖父は人生最後の慎ましい願いを叶えて、ほどなく天国に旅立った。

*

祖父の死後、わたしたち一家は、とりわけ遺《のこ》された祖母のヨハンナは嘆き悲しんだ。祖母はひとりきりで悲しめる空間が欲しいと両親に訴えた。そこで両親は、寝室一間に小さな台所のついた、トイレは共同のアパートを祖母のために借りることにした。そのアパートは〝ユーデンガッセ〟と呼ばれるユダヤ人街にあった。

わたしは、老いた母親にひとり暮らしをさせたくないママから、パリサーディ六〇を出て祖母といっしょに暮らし、必要な手助けをするように言いつけられた。パリサーディ六〇と比べるとうんと小さな部屋だったけれど、わたしは祖母のアパートが大好きになった。

ケルペルおばあちゃんとわたしは性格がまるでちがったが、お互いを尊重した。祖母はわたしが街をうろつくのを許してくれた。わたしは人生で初めて独立心を満たされ、それを謳歌した。

祖母とわたしとで小さな商売を始めた。狭い台所でナッツの粉を生地にしたビスケットを焼き、てっぺんにメレンゲを飾った。〝ヌッシュタンゲル〟という名のお菓子だった。扱いやすいなめらかなメレンゲをつくるために、卵白と砂糖をフォークでえんえんと混ぜるのが、わたしの役目だ。ビスケットの上に繊細なメレンゲを飾るのに細心の注意を必要としたが、ときどき土台のビスケットを壊してしまった。おばあちゃんは「あらら、やっちゃった！」と声をあげて嘆いたが、壊れ物を食べさせてもらえるわたしは心ひそかに喜んだ。

用意ができると、おばあちゃんがビスケットをいくつかの小さな包みにまとめ、わたしがそれらを市内のあちこちのデリカテッセンやカフェに配達した。ブラチスラヴァの往来を縫うように進むとき、わたしはビスケットの包みを宝石をいただく王冠か何かのように抱え込んでいた。稼いだお金でバターやパン、ときには胡瓜《きゅうり》のピクルスを買い、少しだけ食卓が豊かになった。

わたしは家族の住むパリサーディ通りの家にしょっちゅう帰った。兄や妹が恋しくてたまらなかった。ある午後、家の玄関扉をあけると、パパが見知らぬ男性と話していた。パパはわたしに気づいて言った。「こちらはクランプル氏。わたしたちの会社の新しい経営者だ」

クランプル氏は、わたしたち一家とは縁もゆかりもない粗野な農場経営者で、アーリア化[*1]により、ナチス勢力からユダヤ人の経営する会社をまかされたひとりだった。

経営者となったクランプル氏は、引き継いだ事業の運営にユダヤ人が必要なら、そのユダヤ人の強制移送を免除するよう政府に求めることができた。このような〝保護されたユダヤ人〟には特別免除証明書が発行されたが、その彼もしくは彼女が必要とされなくなれば、証明書も効力を失うことになる。

クランプル氏は、パパとダーヴィット伯父さんの命を助ける代わりに、ふたりを働かせて店を経営した。ふたりにわずかな賃金を払い、そこから税金と特別免除のための違約金を行政に支払わせた。

パパは商才に長《た》けた人だったが、もはや儲けようとか会社を大きくしようとかは考えていなかった。ただ、子供たちを、家族を強制移送から守りたい一心であり、それが最重要事項になっていた。

＊

それからすぐに状況が悪化した。ダーヴィット伯父さんとその家族に、パリサーディ六〇を出てブードコヴァー通りにあるユダヤ人仮収容施設へ転居するように当局から命令が下った。パパはこの知らせを聞くと、伯父さんたちの部屋に駆け上がった。「すぐに身を隠したほうがいい」パパは伯父さんと妻のフリーダに言った。「ハンガリーかスロヴァキアかで、あなたがた夫婦と子供たちを匿ってもらえる場所を探そう」

フリーダ伯母さんはパパの意見を聞き入れなかった。「ねえ、オイゲン。メイドも雇えないようなところに行くつもりはないわ」

ダーヴィット伯父さんは、ブードコヴァー通りの施設で問題ないとパパに請け合った。「ともかく、我々にはクランプル氏が申請した特別免除証明書があるんだから」

一九四二年初頭、SS[*2]がブードコヴァー通りのダーヴィット伯父さんの家に深夜に押し入り、一家全員を拘束した。最後の頼みの綱だった特別免除証明書は、伯父の目の前で引き裂かれた。クランプル氏が、もはや伯父は店の経営に必要ないと見なし、ひそかに通報したのだ。そして、伯父一家全員が不要な存在と見なされた。

父はこの知らせを聞いて激しく打ちのめされた。そして伯父一家を救出するべく懸命に買収を試みたが、ことごとく失敗に終わった。

クランプル氏は、父が錯乱し、絶望し、嘆き悲しむ姿を見て、こう言った。「ユダヤ人はどうにもわからん。なんという腰抜けだ。わたしは今朝、歯医者へ行って、歯を二本も削り、詰め物をした。兵士のごとく痛みに耐えたんだぞ」

その後、フリーダ伯母さんから父のもとに手紙が届いた。「くれぐれも気をつけて。あなたの助言どおりにしていたらよかった。ルティが高熱を出してるの。この子のことが心配よ。愛を込めて。フリーダ」その手紙はスロヴァキアのジリナから送られていた。強制労働収容所があった土地だ。

ジリナからセレトへ、セレトからポーランドのルブリンへ、その後アウシュヴィッツへと送られた伯父一家から、便りは二度と届かなかった。

1＊ナチス・ドイツの圧力のもと、非アーリア人（ユダヤ人）を経済活動から排斥することを目的に実践された政策。
2＊スロヴァキア在住のドイツ人による自発的なナチス親衛隊（SS）が形成されていた。フリンカ親衛隊と同様、ユダヤ人の強制移送に積極的に関わった。

義務

ユダヤ人街からふたたびパリサーディ六〇へ
一九四二年夏

クランプル氏が、ダーヴィット伯父さんを通報したあと、家族を連れてパリサーディ六〇に引っ越してきた。わたしはまだケルペルおばあちゃんとユダヤ人街に住んでいた。両親にはめったに会えなくなったが、パパがよく泣くようになったと妹たちから聞いていた。

ある午後、パリサーディ六〇の家に戻ると、家のいたるところに鞄があった。「何があったの？」と、わたしはパパに尋ねた。

「ブードコヴァー通りに移ることになったんだ」

「ダーヴィット伯父さんみたいに？」わたしはうろたえた。

パパは安心させるように首を横に振り、わたしを地下食品庫に招き、硬いコンクリートの床を指差した。「このコンクリートの下に証書類を埋めた。ドイツ人たちに奪われる前はわたしたちがこの土地と建物を所有していたと示す証書だ。それがあれば、こんなひどいことがいつか終わったとき、わたしたちはここを取り戻すことができる。

そして、もっと大事なのは、我が家の魂をひとつにするものをここに埋めたということだ。出生証明書、きみたちの祖父母が若かった頃の写真、さまざまな記録。モーセ五書《セフェル・トーラー》の巻物もいっしょに埋めてある。こんなことが終わったら、ここに戻ってきて、全部掘り出そう。その日のために、わたしたち一族にとって大切な記録と伝統を、すべてここに残しておこう」

一家がパリサーディ六〇から追われてブードコヴァー通りの家に移り住んだのち、パパは強制労働に駆り出されるようになった。昼間に塹壕《ざんごう》を掘り、夜はクランプル氏のもとで働いた。

その頃には不法逮捕も強制連行も当たり前になっていた。一家全員が夜中に連れ去られて、それっきり音沙汰がなくなることも珍しくなかった。パパはクランプル氏を警戒し、彼の申請した特別免除証明書を家族を守る頼みの綱とはしなかった。ダーヴィット伯父さんの失敗をけっして忘れなかったのだ。

パパは子供たち全員が身を隠す場所を探した。ブードコヴァー通りの家では、両親がきょうは連行されるかもしれないと感じると、子供たちを起こし、身を隠す場所まで走らせた。

ケルペルおばあちゃんと暮らしていたわたしは、身を隠さなくてもよかった。そこの住所は正規に登録されていなかったからだ。それでもパパはユダヤ人街にふたりきりで暮らすわたしたちに悪いことが起きるのではないかと心配し、ハンガリーのブダペストにケルペルおばあちゃんをひそかに送り、そこで身を隠せるように手配した。わたしは泣く泣く祖母のヨハンナ・ケルペルに別れを告げたが、そのとき、二度とおばあちゃんに会えなくなるなどとは思いもしなかった。

＊

一家がブードコヴァー通りの家に引っ越すと、わたしはパパの言いつけでパリサーディ六〇に戻り、父方の老いた祖父母の面倒を見ることになった。ユダヤ人が非ユダヤ人の手伝いを雇うことが禁じられていたため、まだ十歳だったわたしに祖父母の世話がすべてまかされた。毎夜、叫びと悲嘆の声で眠りから覚めた。ばあばが愚痴《ぐち》る。「左の腎臓が痛むのよ《ディー・リンケ・ニーレ・トウート・ミア・ヴェー》」そして、じいじが呻《うめ》く。「腹の右側が痛い《マイン・レヒター・バオホ・トウート・ミア・ヴェー》」わたしは跳ね起きて、ふたりに薬を服《の》ませた。そしてベッドに戻る頃には感覚がなくなるほど両足が冷えきり、ふたたび眠りに就けなくなった。

　早起きのじいじが毎朝五時頃に起きて、ばあばとわたしがベッドから起き出す前にストーブを焚《た》いてくれた。病気と不安とでぼろぼろになっても、じいじはわたしを心配させまいと気遣ってくれた。朝食のために焼きたてのロールパンを買いに行き、ときにはミルクを手に入れることもあった。ばあばが地元の市場《いちば》に行くとき、大きなやなぎ細工のバスケットを持つのは以前はメイドの仕事だったが、いまやわたしの役目になった。

　老いた祖父母とつねに過ごさなければならないわたしは、兄や妹たちがむしょうに恋しく、なんだか自分だけが大切にされていないような気がした。

＊

ブラチスラヴァではユダヤ教の宗教的な畜殺がすでに禁じられていたが、両親はユダヤの掟に適《かな》った食べ物、コシェルでない肉は口にしなかった。ある日、ママがわたしの手をとって言った。

「あなたの顔だちはユダヤ人に見えないわ。だから、うちの鶏をショヘート*1に持っていってほしいの。ごめんなさい、こんなことを押しつけて」

こうして、わたしはショヘートで鶏を絞めてもらい、家に持ち帰った。そのあとはコシェルとして正しいやり方で羽を毟《むし》り、清掃した。わたしはこのうちの子なのかメイドなのか、ときどきわからなくなることがあった。

一九四二年の新年祭の直前にも、わたしが一羽の大きなガチョウをショヘートに持っていくことになった。生きたガチョウを大きな鞄に詰めたが、上のジッパーがきちんと閉まらなくなってしまった。通りを歩きながら、この鳥はわたしより重いんじゃないかと思った。しまいには重さにうんざりして、ガチョウがこのまま死んでもかまわないという気持ちで引きずった。

カプチーンスカ通りまで来たとき、鞄がぶるぶる震え始めた。わたしはガチョウが窒息してしまうのではないかと心配になり、ジッパーをさらに少し開いた。

ガチョウが長い首を鞄から突き出し、わたしをにらんだ。ぎょっとして後ずさると、あとはもう、大きな鳥がバッグから出て通行人の足の間をよちよちと歩いていくのを見ているしかなかった。恐ろしくて捕まえることなんかできなかった。

わたしは手ぶらで帰宅し、結局、四家族が肉料理のない新年祭を過ごすことになった。

＊

家族の不興を買ったのはこのときくらいで、わたしは自分の顔や体を洗う暇もないほど、父の両親に尽くした。祖父母もわたしの面倒を見てくれようとしたが、病を患った老いの身には限界があった。

それでも、ばあばがわたしのイニシャルEWを刻んだ金の指輪をくれたときは努力が報われた気がしてうれしかった。ばあばはそれをわたしの十一歳の誕生日の贈り物として、わざわざつくってくれたのだった。

1＊ラビから任命され、ユダヤ教の律法に適した方法で屠畜を行う者。

わたしたちの声が聞こえますか？

ブラチスラヴァ◆ドブロヴィチョヴァ通り
一九四二年贖罪日

一九四二年の贖罪日《ヨム・キプール》*1の数日前、わたしは両親のもとに戻った。その頃一家は、ドブロヴィチョヴァ通りの集合住宅に移り住み、その狭い一室で家族以外のユダヤ人何人かと共同生活を送っていた。おとなと子供合わせて十八名がいた。建物の入口には管理人が常駐し、住人の動きを見張っていた。

その管理人は見るからに恐ろしげな男で、妻が女の子を産むと赤ん坊を殺して屋根裏に隠してしまうのだとか、そんな噂が流れていた。

その年の贖罪日の断食が始まる前、ママが苦労して一羽の鶏を手に入れた。断食を終えたあと、ママが鶏のスープを最後の最後までみんなに分け与えるようすを、わたしは目を凝《こ》らして見守った。

まずは濃厚で栄養たっぷりのチキン・スープがパパの両親のボウルに注がれた。そのあと鍋に水が足され、年少の子供たちに配られた。スープはさらに水で薄められてお客たちに、さらに薄められて年長の子供たちに分配された。そして最後に、鍋の底に残ったスープを両親が分け合った。

ほとんど白湯《さゆ》を飲んでいるようなものではなかったろうか。

*

じいじとばあばには、いっそう衰えが目立つようになった。フリンカ親衛隊が連行しに来るかもしれないが、一家全員で潜伏するには祖父母の体力がもたないだろうと、パパにはわかっていた。祖父母の存在が一家全員を危険にさらしていた。パパは苦渋の決断をし、祖父母を強制連行から守るために別々の病院に入れることにした。

祖父母が入院しても、病院で世話をする仕事はわたしにまかされた。毎朝歩いて祖父の病院に通い、祖父が病室のまわりを散歩するのを支えた。そのあとは病室の窓から中庭を眺めて過ごした。

その病院には精神科もあり、精神科病棟の患者たちが一日じゅう中庭を周回していた。患者の中には顔つきが明らかにユダヤ人で、精神を患っているとは思えない人たちが何人もいた。おそらくは病気のふりをして病院に逃げ込んできたのだろう。

午後一時になると祖父の病院を出て、祖母の病院に向かった。祖母の病室は八人の相部屋だった。

ある午後、祖母がわたしの顔を見るなり泣き出した。「ばあば、どうしたの？」と、わたしは尋ねた。

「注射を打たれたの。そしたら、歩けなくなったの」と、祖母は答えた。

毎日の午後、わたしは祖母の世話をし、おまるを空《から》にした。同じ病室にいるほかの患者たちの面倒も見た。それが、ばあばを入院させておくために病院側から出された条件だったからだ。

ばあばは晩の食事に出される一個のロールパンをいつも毛布の下に隠し、翌日、わたしに手渡してくれた。わたしはありがたくもらった。いつも、ひもじかった。ドブロヴィチョヴァ通りの家ではあいかわらず食糧不足がつづいていた。

＊

ある夜、一台のトラックが住人で溢れ返る我が家の前にやってきた。妹のルートをまだお腹に宿していたママが窓から外をうかがった。そして、振り返ったママの顔から血の気が失せていた。「フリンカ親衛隊が来たわ！　逮捕される！」ママはわたしたちをじっと見つめ、いきなりベッドに倒れ込んだ。

「どうしたの、ママ？」わたしたちは叫んだ。「起きて！　隠れなきゃ！」

フリンカ親衛隊が玄関扉を激しく叩き、家の中の人間は凍りついた。突然、ママが体をぶるぶる震わせ、荒くて苦しげな呼吸を始めた。床に身を投げ出し、甲高い悲鳴をほとばしらせる。

わたしたちは尋ねた。「ママ、エメット？　エメット？」ヘブライ語で〝本当なの？〟という意味だ。でもママは何も答えず、体の痙攣《けいれん》は止まらず、呼吸はいっそう激しくなった。どうすればいいんだろう？　途方に暮れた。踏み込んできたフリンカ親衛隊の男たちも同様だった。わたしたちは呆然とママを見おろした。

混乱の中、兵士たちが助けを求めに引き返した。すると、ママがいつものママに返って言った。

「逃げなさい！　早く！　走って！」

次にフリンカ親衛隊が家の前に来たとき、その恐ろしいトラックにいち早く気づいたのはパパだった。「来たぞ！　窓から飛び降りろ！　マリア・ヴォルシュラガーの家まで走れ！」一刻の猶予《ゆうよ》もなく、わたしと妹のノエミは窓から飛び降りた。かなりの高さがあって、着地してもしばらく目眩《めまい》がつづいた。

わたしは誰かに腕をつかまれ、はっと我に返った。ノエミだった。「エヴァ、見て！」わたしたちはフリンカ親衛隊に囲まれていた。少なくとも五人の兵士がわたしたちに銃口を向けて立っていた。わたしたちは家の前まで引き立てられた。そこには残りの家族全員が並ばされており、トラックの荷台に放り込まれるのを待つばかりだった。

闇の中からドイツ兵の叫ぶ声がする。「おい、こっちに来い！」その命令を受けて、兵士たちが闇のほうに走り出す。その瞬間、パパが声を張りあげた。「走れっ！」わたしたちは散り散りに逃げ出し、どうにか難を逃れることができた。

あるときは仮病で、あるときは闇の中からの声で、わたしたちは強制連行から逃げ延びることができた。

しかし、わたしたちの一族すべてが運に恵まれたわけではない。それより数ヵ月前の過越祭《ペサハ》の夜、ドゥナイスカー・ストレダに暮らすシャム叔父さんとディナ叔母さんとその子供たちが逮捕された。祭りのご馳走のさなか、ワインのお替わりもまだしていないときに踏み込まれたのだ。

一家がポーランドの強制収容所に移送されたことは、しばらくあとになってディナ叔母さんから届いた葉書で知った。「シャムは〝ショヘート〟に送られました。わたしたちもまもなくそこへ行くことになるでしょう」

それ以後、二度と便りは来なくなった。

＊

よりによって、ユダヤ人が心から楽しむためのお祭りの日に、苦役とガス室送りが待つ強制移送を行うなんて、彼らはわたしたちの信仰を嘲《あざけ》りたかったのだろうか。だからその日に叔父一家を襲ったのだろうか。

ブラチスラヴァのラビたちから、日々の祈りの中に〝アヴィヌ・マルケイヌ（我らが父よ、我らが王よ）〟という祈りを加えるようにお達しがあり、わたしたちは毎朝、その祈りを唱えるようになった。〝我らが父よ、我らが王よ、わたしたちの声を聞いてください！〟

毎朝、神様はわたしたちの祈りに耳を傾けていらっしゃっただろうか。〝我らが父よ、我らが王よ、我らと我らが子らに慈悲をおかけください！〟

ブラチスラヴァでも空襲が始まり、わたしたちはサイレンの音を聞くと、防空壕に逃げ込んだ。〝我らが父よ、我らが王よ、疫病と戦争と飢饉《ききん》をどうか終わらせてください〟

その日も空襲を知らせるサイレンが鳴り、家族といっしょに防空壕に飛び込んだ。防空壕にいれば爆弾からは逃れられたが、通報される恐怖は消えなかった。六歳にも満たない小さな男の子が防空壕の片隅にうずくまり、震えていた。ひとりきりで家族はいないようだ。その子は見るからにユダヤ人だとわかり、防空壕にいる人々の視線がその子に注がれた。

爆撃音が鳴り止まなかった。〝我らが父よ、我らが王よ、この災いと我らへの迫害をどうか終わらせてください〟やがて外の音が途絶えた。

ユダヤ人の少年がすばやく立ち上がった。スロヴァキア人の男が少年をちらっと見やり、立ち上がった。と同時に、少年は防空壕の出口に向かって駆け出したが、すぐに追いつかれ、腕をつかまれた。「ユダヤ人がいたぞ！」男が少年を外に引きずり出しながら叫んだ。

〝我らが父よ、我らが王よ、わたしたちの声が聞こえますか？〟

我らが父よ、我らが王よ、あの少年の悲鳴が聞こえますか？　わたしにはいまも聞こえます。

1＊ユダヤ教の祭日。九月末から十月半ばの間の一日。神に赦しを請うために前日の夕方から断食を行い、一切の労働をやめる。

ゲットー

ブラチスラヴァ◆クラリスカー通り
一九四三年春

一九四三年四月、わたしたち一家はドブロヴィチョヴァ通りからクラリスカー通りの家に移り住むしかなくなった。そこはいわゆるユダヤ人ゲットーで、役所から届いた書類には「あなたがたのクラリスカー通りに移転したいという申請は許可された」と書かれていた。もちろん、わたしたちには移転を求めた覚えなどないのだが……。

そのときもまだ、じいじとばあばはそれぞれの病院にいた。しかしある日訪ねていくと、精神科病棟にいたユダヤ人がことごとく消えていた。それを報告すると、パパはすぐに病院に祖父母を引き取りにいった。こうして祖父母もクラリスカー通りの我が家でいっしょに暮らすことになり、祖父母にベッドをゆずって、残りの家族は床で寝るようになった。

クラリスカー通りの家も狭かった。冷たい水しか出ない蛇口ひとつで料理も洗面もまかなった。トイレは外にひとつあり、八十人ほどがそこを使用した。

この家に来てすぐ、ばあばが重い病気を患った。重度の腎臓結石で、もう助かる見込みはないと医師から宣告された。ばあばも死期が近いと悟り、死ぬのが怖いとわたしに訴えた。「うじ虫に体を齧《かじ》られるのがいやだわ。夏も冬も、土の中で、うじ虫に食われつづけるのが……」

ある午後、葬儀互助会《ヘブラカディシャ》*1の人たちが我が家にやってきた。彼らは祖母に代わって神に赦しを請う祈りを捧げた。臨終が近づいてはいたけれど、祖母にはまだ半ば意識があり、恐怖をたたえた目はしっかりと見開かれていた。儀式とはいえ、まだ死んでもいない人を死者のように扱うなんて、とても残酷なことのようにわたしには思えた。

それからまもなく、ばあばは息を引き取り、ユダヤ人墓地に埋葬された。

＊

ママがルートを産んだのは、このクラリスカー通りの家に住んでいるときだった。産んだらすぐに病院を出るという条件付きで、カリタス病院の医師と看護師が出産を助けてくれた。その条件を受け入れる以外、ほかにどんな選択があっただろうか。

わたしは妹のレナータを乳母《うば》車に乗せて、病院へママを迎えに行った。外で待っていると、ママが生まれたばかりの妹を抱いて病院から出てきた。その帰り道、疲れきったママは体を預けるように前のめりになって乳母車を押しつづけた。

それからほどなく、わたしは体調を崩した。体に力が入らず、疲労感が抜けなかった。ある日、ママがわたしの手をとり、手首の浮腫《むく》みと変色にはっとたじろいだ。

「エヴァ」と、ママは声を落として言った。「これはお医者様に見てもらわなきゃならないわ」医者に行くと、わたしはリウマチ熱を患っているので扁桃腺除去《へんとうせん》手術が必要だと告げられた。当時、病院でユダヤ人に手術を施すことは法で禁じられていたが、ユダヤ人だが腕のよさから病院に残された耳鼻咽喉科《じびいんこうか》の医師が、わたしの手術を引き受けてくれた。

「ぼくが手術してあげよう。ただし、エヴァ、きみは病院の受付を通らず、ひとりきりで直接、手術室まで来なければならない。そして、手術が終わったら、ただちに出ていくこと。病院で回復を待つ時間はないし、再診も受けられない」

翌日、わたしは両親に連れられて、その医師のいる病院まで行った。病院の入口の少し手前で、ママの手がすっと離れていった。ここからはひとりで行かなくちゃならないんだ……。わたしは意を決して入口に向かった。

ユダヤ人の執刀医から局部麻酔のあとに扁桃腺を取り除くと告げられ、わたしは歯科医の椅子のような手術台に仰向けに寝かされた。手術室には、医師のほかにカトリックのシスターとわかる看護師がふたりいた。わたしは恐ろしさに震えていた。

医師がこわばった顔で局部麻酔の注射器を渡すように看護師に言い、わたしは「口を大きくあけて」という指示に従った。喉の奥に注射針が当たるのを感じた。医師が力を加えたが、注射針は粘膜に突き刺さらなかった。さらに力を加えたところで、医師はわたしの目から涙がこぼれ落ちるのに気づいたようだ。

注射器を引っ込めて針を調べ、それを手渡した看護師に向き直った。「どういうつもりだ?」怒気を含んだ声だった。「こんな、なまくらな針を渡すなんて!」

看護師が顔色ひとつ変えずに医師を見返した。「だからなんなの? この子、ユダヤ人なのよ」

医師は手術をつづけるしかなく、わたしにソラマメ形の膿盆《のうぼん》を渡すと、これを顔の前で持って口や鼻から溢れてくる血を受けとめるようにと言った。わたしは恐ろしさのあまり、椅子から起き上がって逃げようとした。それを医師が肘で椅子に押し返した。医師は法を犯して手術しようとしていたし、わたしはそこにいてはならない人間だった。わたしたちはお互いの命を危険にさらしていた。

手術の一部始終が医師が頭につけた額帯反射鏡《がくたいはんしゃきょう》に映っていた。わたしは鋭利な器具が喉の奥に下りていき、扁桃腺を取り去るのを見つめつづけた。

手術があと少しで終わるというとき、SSの兵士たちが手術室の扉から踏み込んできて、「おまえだ!」という叫びがあがった。

わたしは、今度こそ捕まると思ったが、彼らはわたしではなく医師の襟首《えりくび》をつかんで引きずった。

看護師たちが何事もなかったかのように言った。「血を洗い落としたら、さっさと出てって!」願ってもないことだった。ここに来たときから逃げ出したくてたまらなかったのだ。

病院の裏口から飛び出すと、両親が歩道の縁石に腰かけて待っているのが見えた。わたしは両親の腕に飛び込んで泣きじゃくった——手術の痛さからではなく、胸を衝《つ》く自責の念に耐えかねて。わたしが、あの医師の逮捕に手を貸してしまったのだろうか？

体から力が抜けて、立っていられなくなった。パパが通りかかったシスターに、病院のどこかでしばらく休ませてもらえないだろうかと尋ねた。

「だめよ、ぜったいにだめ！」シスターが声を張りあげて拒絶した。

こうして、わたしたちは歩いてクラリスカー通りまで戻った。

ママがわたしの苦痛を和らげようと手を尽くしてくれた。アイスクリームが見つけられたことはまさに奇跡のようだ。わたしは久しくあんなにおいしいものを口にしていなかった。

＊

クラリスカー通りの集合住宅に張りつく管理人は決まり事に厳格だった。彼もまた妻と息子のイヴァンとともに同じ建物に住んでいて、わたしたちが午後六時の消灯を守るかどうか、ユダヤの星を身につけているかどうかに目を光らせた。

わたしは配給の砂糖、小麦、牛乳などの受け取りをまかされていたので、妹のレナータとルートを乳母車に乗せて配給品を扱う店までよく行った。乳母車を引きずって階段を上り下りするのは、栄養不足の子供には難儀な労働だった。

わたしたちの手に入る牛乳はいつも水で薄められており、翌日には酸っぱくなったが、わたしは〝酸乳〟の味が大好きだった。クラリスカー通りの家では決まった献立がなく、とにかく手に入るものならなんでも食べた。

我が家の隣はユダヤ人のお年寄りたちが共同生活をするホームで、安息日や祝日のたびにわたしたちは隣家を訪ね、お祈りをした。パパの言いつけで、わたしが毎晩そこへ行き、乏しい夕食を口まで運んであげて、お年寄りたちが寝間着に着替えるのを手伝った。

パパがママの美しい寝間着をお年寄りたちにあげて、彼らがそれを着るようになったのだ。そのうえパパは、週に一度の牛乳の配給まで、半分をお年寄りに分け与えるようにと言った。ひもじくてたまらないわたしは、パパの寛大さがうらめしかった。

「お年を召した方々を敬わなければいけないよ」パパはよくそう言った。「きみたち子供にはお年寄りより回復力があるんだから。いつかきみも年をとって、衰える日が来るんだよ」

わたしはお年寄りに牛乳を分けるとき、ほんの二、三口をこっそり啜《すす》った。酸っぱくて美味だったけれど、それによって慢性的な空腹が満たされることはなかった。

空襲の回数がさらに増した。ある晩、ちょうど夕食の頃、空襲警報が鳴り、わたしたちは防空壕に逃げ込んだ。いつものように、わたしは怖くて震えていた。爆撃機が低空を飛び、建物が揺れた。窓がガタガタと鳴り、煙が立ち込めた。製油所に爆弾が落ちて、火の手があがっているらしかった。

そのとき突然、ママが「夕ごはん！」と叫び、防空壕から飛び出していった——台所のこんろに置きっぱなしにしてきた夕食の鍋を焦げつきから救おうとして。我が家にはその鍋の料理しか食べるものがなく、ママはそれを無駄にしたくなかったのだ。

地域のユダヤ人学校は、ときどき授業を行っていた。黒板も辞書も使うことを許されていなかったので、勉強するのはほぼ不可能だった。地図の使用も禁じられていたが、校長のクーニヒ先生は、自分の体を地図に見立て、体のあちこちを指差しながら地理を教えてくれた。クーニヒ先生は、子供たちに何もかも通常どおりだと思わせようと最大限の努力を払った。それでも授業の間、SSが踏み込んできて連行されるのを恐れるかのように、先生の視線は何度も教室の入口に注がれた。

そして、ある夜、ついにそれが起こった。わたしたちの学校のすべての先生とその家族が逮捕され、連行された。翌朝目覚めて、学校が閉鎖されたのを知った。それからあと、わたしたちは長い間、学校教育を受けられなくなった。

＊

ある日の午後、帽子を斜めにかぶったシュテルンと名のる紳士が、クラリスカー通りの我が家の戸口にあらわれて言った。「助けていただけませんか？　わたしの義理の妹、ミリアムの面倒を見てくれる家族を探しています。わたしには彼女を引き受けるのは無理なのです」

シュテルン氏は影響力も縁故もある人物だったので、両親はミリアムを引き受けた。うちには養わなければならない口がすでにたくさんあったのだから、それはけっしてたやすいことではなかったはずだ。

ミリアムは、わたしと年が少ししか離れていないのに、背がうんと高くておとなびていた。そのうえ相当に奔放で、わたしと妹たちにセックスやら避妊やら、ほかにも子供には理解できない話を吹き込んで、パパとママを驚愕《きょうがく》させた。

ある朝、ママとパパが慌《あわ》てふためていた。「お金が消えたわ！　どこにいったのかしら。あなたたち、見なかった？」わたしたちは家中くまなく捜した。それは、もしものときに備えて蓄えてあった米ドル札の現金、千ドルだった。

両親はなんとなくミリアムを疑っていた。「ミリアム、きみがお金を持ち出したんじゃないのかい？　どこにあるか教えてくれれば、もうそれでいいよ」

ミリアムが両親を見つめ返して言った。「でも、持ち出してないいんだから、どこにあるかなんてわかりません」

パパは、なくなったお金を見つけたら褒美《ほうび》をあげよう、とミリアムに提案した。ミリアムは椅子にすわってしばらく考えていたが、やがて立ち上がり、建物の入口に置かれたゴミ缶まで歩いていった。その缶のひとつの底から千ドルが見つかった。翌日はゴミ回収日だったから、あわや千ドルという大金がゴミとともに永遠に消えてしまうところだった。

クラリスカー通りの家には、ミリアムのほかにも匿っている人がいた。ドブロヴィチョヴァ通りの家と同じように、多いときにはひとつ屋根の下に十八人がいた。

パパとママは毎夜、台所の床で眠った。ある夜、わたしはふたりがひそひそ話をしているのを聞いた。規律を守らせてすべての人の面倒を見るのはどんなに苦労するか、という話だった。「わたしたちは正しいことをしているわ」と、ママが言う。「でも、神の恩寵《おんちょう》がなければ、とっくに逃げ出していたでしょうね」

うちで匿った人たちの中に、ロミ・コーンという少年がいた。彼はブラチスラヴァでSSから逃れて、パルチザンに加わった。当時はまだ十歳だったが、戦時下を生き抜き、晩年には『最年少のパルチザン』*2という回想記を著した。

そして、ラデックと名乗る夫妻もいた。あるとき、ラデック氏が首に膿瘍《のうよう》をつくって高熱を出した。ママは膿瘍に熱い塩水をかけ、マッチの火で消毒した縫い針で膿瘍をつついて、膿《うみ》を押し出した。ラデック夫妻も生き延びて、やがてオーストラリアにふたりの娘とともに落ちついた。

じいじの妹、ファニーおばさんも、いっとき我が家に身を寄せていた。彼女の隠れ場所は空っぽの戸棚で、その扉は一見しただけでは開閉の方法がわからなかった。ファニーおばさんは、玄関でノックの音がするたび、その戸棚に逃げ込んだ。

わたしが肋膜炎《ろくまくえん》で熱を出して寝込んでいたある日、近所に住む同年代のトルーデが通りを渡って訪ねてきた。彼女が我が家をうろうろしているときも、わたしはベッドの中だった。

「中身はなあに？」彼女はそう言いながら、台所の食器棚をあけた。何かいいものが入っていないか探しているようだった。トルーデは狭い家の中にある戸棚を片っ端からあけていき、ファニーおばさんの隠れた戸棚の前で立ち止まった。きっと目をすがめて、扉を開く掛け金を見つけたにちがいない。

　トルーデはぱっと扉を開いた。そこには目を見開いて板のように直立したファニーおばさんがいた。おばさんはトルーデの上に倒れ込み、彼女もろとも床に転がった。ファニーおばさんのかつらがはずれ、凍りついたトルーデの頭にすっぽりとかぶさった。「お化けが出たーっ！」トルーデは金切り声をあげて起き上がり、一目散に我が家から逃げ去った。そして二度と戻ってこなかった。

　あとでわかったことだが、トルーデはナチスに協力するユダヤ人で、密告する代償として自由を保障されていた。しかし、アウシュヴィッツ収容所に移送されたとき、彼女の運命は彼女がナチスに引き渡した人たちと少しも変わらなかった。収容所に到着し、列車から降りてすぐ、トルーデはユダヤ人の班長《カポ》[*3]に殺されてしまった。

1＊地域ごとにまとまって葬儀を手助けする互助会。〝聖なる集団〟を意味する。
2＊*The Youngest Partisan: A Young Boy Who Fought the Nazis*, 2002.
3＊強制収容所の中で他の囚人の監督をする役割を与えられた囚人。

誰が生き、誰が死ぬのか

ブラチスラヴァ◆クラリスカー通り
一九四三年贖罪日

その年の贖罪日《ヨム・キプール》も、地域のユダヤ人たちはお年寄りの家々を訪ね、罪の赦しを請う祈りを一心に捧げた。ただ、〝ウンタネフ・トケフ〟[*1]の響きは、いつもの年とはちがって聞こえた。〝誰が生き、誰が死ぬのか？　誰が炎で？　誰が剣で？〟老いた人々は贖罪を請い願って、泣きながら祈った。

その泣き声の中、玄関扉を叩く音がした。ＳＳの襲来だった。ＳＳ隊員たちがわたしたちに銃口を突きつけ、中庭に集合しろと命令した。

中庭に出ると、ＳＳが連れてきた一頭の生きた豚がいた。わたしたちはその豚の前に並ばされた。集合住宅の管理人もいて、隊員のひとりが彼にナイフを渡した。「殺《や》れ！」と命令が下り、整列させられたユダヤ人の間に戦慄《せんりつ》が走った。

管理人が豚に近づき、その頭をつかんで心臓にナイフを突き立てた。豚が跳ね、甲高い鳴き声をあげる。ナイフがさらに深くねじ込まれ、豚は黒い目をかっと開いた。が、やがてそこから生命の輝きが消え、四肢がくずおれた。

ナイフがまだ心臓に突き立っていた。管理人は大きなピッチャーを渡され、それを豚にあてがって、ナイフを引き抜いた。温かい血がどくどくとピッチャーに流れ落ちる。管理人はそれを揺すって攪拌《かくはん》し、隊員のひとりに渡した。その男はにやにや笑っていた。

「おまえだ」同じ男が、ひとりの老人を指差して言った。「そして、おまえと、おまえと、おまえだ」指名された人たちが前に引き出され、「飲め」と命令された。銃口を突きつけられながら、彼らは豚の生き血を飲むほかなかった――よりによって贖罪日に。

〝誰が生き、誰が死ぬのか〟――。これは死より過酷な仕打ちではないのか。

わたしたちは祈禱《きとう》に戻ることを許されたが、気分が悪くなり嘔吐《おうと》する人が何人も出た。SS隊員たちがドア越しに罵倒《ばとう》する声が聞こえた。「神が犬の遠吠えなどに耳を貸すものか！」わたしたちは祈りの声をいっそう大きくした。

こんな邪悪な人々には天罰がただちに下るだろう。稲妻の直撃を受け、みんな死んでしまうだろう。わたしは一心不乱に祈りつづけた。そして失望した。その日、生まれて初めて、わたしは神様に裏切られたと思った。

＊

一九四四年の冬、じいじがベッドから起き上がって言った。「わたしの子供たちがわたしを殺《マイネ・キンダー・ハーベン・ミヒ・ウムゲブ》した《ラハト》」

祖父の浮腫《むく》んだ蒼白い両脚が毛布から突き出していた。苦痛の呻きを洩《も》らしながら、祖父は枕に頭を戻した。

「どういうことですか、お父さん？」そう尋ねる父の声が困惑にこわばった。

「わたしのダーヴィット、わたしのシャム、彼らの妻と子供たち……。みんなのことが心配でわたしは死んでしまう。わたしの子供たちがわたしを殺した《マイネ・キンダー・ハーベン・ミヒ・ウムゲブラハト》」

「でも、父さん、あなたは手紙を受け取っていらっしゃるじゃありませんか」パパが言った。

「彼らは一生懸命働きながら、子供の面倒もしっかり見ていますよ」

「たわごとを！　あれはおまえが書いた手紙だ。本物だとは一度だって信じちゃいなかった」

パパはうつむいてしまった。そう、パパが叔父たちに成り代わって手紙を書いていた。

「わたしの子供たちがわたしを殺した《マイネ・キンダー・ハーベン・ミヒ・ウムゲブラハト》」じいじが繰り返す。「わたしは安息日に生まれ、安息日に死ぬ。もうすぐしゃべれなくなるだろう。いいか、わたしが両手をあげたら、右が下になるように寝返りを打たせてくれ。そうすれば、わたしは死ぬ」

翌木曜日、じいじの容態が悪化した。

パパがわたしに言った。「エヴァ、お医者様が必要だ。公衆電話まで行って、コッホ先生に来てもらえるよう頼んでくれ」

公衆電話まで行くには、酔っ払いがたむろする危険な一角を通らなければならない。それが怖くて、わたしは逡巡しながらパパを見あげた。

「急げ！」パパが言った。「時間がない。酔っ払いは押しのければいい。さあ！」

わたしは言われたとおりにした。

電話すると、コッホ先生はすぐに来てくれた。厳しい顔つきで病床の祖父を見つめ、ママに抱かれた赤ん坊のルートが部屋の片隅でぐずると、そちらを一瞥《いちべつ》してから言った。「人は来て《メンツエン・コメン》、人は去る《メンツエン・ゲーン》」

じいじが両手をあげた。パパがじいじの体を返して右が下になるように寝かせると、じいじはそのまま安らかに永久《とわ》の眠りについた。

パパは葬儀互助会《ヘブラ・カディシャ》の一員だったので、何をすればいいかはわかっていた。「手伝っておくれ。ベッドから持ち上げて、床に寝かせなければ。体をまっすぐに伸ばすように。あごの下にナプキンをあてがってくれ。そう、それでいい。あとはしばらく、そっと寝かせておいてあげよう」身をかがめて、パパは指先でじいじの瞼《まぶた》をやさしく下ろした。

じいじの遺体は、金曜日の早朝、馬車で墓地に向かうことになった。まだ夜も明けやらぬ時刻、パパとわたしが柩《ひつぎ》に付き添うために馬車に乗り込んだ。柩はユダヤ人墓地のばあばのお墓の隣に埋葬された。亡くなったふたりのために墓碑を建てることができたのは終戦後のことだった。

数十年の歳月を経て、わたしはブラチスラヴァにあるその墓地を訪ねた。祖父母の墓の在り処《あか》を尋ねる必要はなかった。祖父を埋葬した日のことが痛みとともに心に深く刻まれ、消えない地図として残っていたからだ。

1＊おもに贖罪日に唱えられる祈り。

ひとりっ子として

ブラチスラヴァ◆クラリスカー通り
一九四四年初頭

　クラリスカー通りの家に暮らしている間は、令状なしの急襲が近所で昼夜を分かたずあった。スロヴァキア人の中にも、ユダヤ人の子供を匿おうとする人たちがいくらかはいたが、そういう人たちはユダヤ人と同じようにみずからの命を危険にさらすことになった。しかし大半の市民は、沈黙することでナチスに協力した。何千人というスロヴァキア人の若者が街の通りを行進し、前線に送られていくのをわたしは目撃した。未来に待つ苦難を、もしかしたら死を覚悟し、若い兵士たちの顔は一様に沈んでいた。子供のわたしが彼らを哀れんだと言ったら、奇妙に聞こえるだろうか。

　ドイツはまだハンガリーに侵攻していなかったので、スロヴァキアに住む多くのユダヤ人が偽造旅券を使ってこの隣国に逃げ込んだ。ママにはハンガリーのあちこちの都市や町に親戚がいた。ハンガリーの法律では、スロヴァキア人の子供の移住を――もしハンガリーに住む知人や親戚が正式な養子にするなら、という条件付きで――認めていた。しかし、そのためには実の親が親権を放棄しなければならない。また、スロヴァキアの法律がハンガリーへの移民を禁じているため、子供を送り出すには違法な手段で国境を越えさせるほかなかった。

ママとパパは選択を迫られた。子供たちを近くに置いて、いっしょに強制移送されるかもしれない運命と向き合うか。子供たちを手放し、ハンガリーの不慣れな土地に送って、時間稼ぎをするのか。苦しみ抜いた末に、子供たちを送り出すほうを選んだ——ただし、わたしひとりを手もとに残すことにして。

「エヴァ、あなたはわたしたちの長女よ。そして、あなたの見た目はユダヤ人らしくないわ。だから、あなたにはブラチスラヴァに残ってわたしたちを助けてもらいたいの。わたしたちのひとりっ子として、あなたはここに残るのよ」わたしはそう説得された。

ブラチスラヴァ在住のハンガリー人女性が子供たちの国境越えに手を貸してくれるという噂を、パパが聞きつけた。その人はタフォン夫人と言い、ロマ族を思わせる目鼻立ちのくっきりした、美しい魅惑的な女性だった。

タフォン夫人はこの仕事に感傷を持ち込まなかった。彼女にとって、それは危険だが実入りのよいビジネスだった。自分はこの仕事に長《た》けているし、あらゆる〝協力者〟を使って目的を達成すると、パパに請け合った。

最初に国境越えをしたのは、当時九歳のマルタだ。彼女は他のきょうだいに先んじて、ハンガリーのシャールバールという小さな町に送り出された。その町にはママのいとこたちが住んでおり、いとこたちはマルタにハンガリー語を教え、母語は早く忘れてしまったほうがいい、そのほうが安全だからと、説き伏せた。

　次は、兄のクルティだった。兄は荷馬車の干し藁《わら》の中に隠れて移動し、ハンガリーに接する国境の十数キロ手前で降ろされた。そこからは案内役がつき、森の中を抜けて国境に向かった。あたり一帯をシェパードを連れたＳＳが見張っていた。もし見つかったら、クルティと案内役は即座に撃たれていただろう。無事に国境を越えると、兄は受け入れ家族の住むブダペストまでさらに歩きつづけた。

　そのあと、ママが偽装旅券を携え、ノエミを連れて列車に乗った。ママが留守の間、わたしが赤ん坊のルートと幼いレナータの面倒を見た。ママはまだ授乳中だったので、列車の中でおっぱいが張り、ノエミに乳を吸ってもらって胸の痛みを和らげたという。ノエミを新しい家族に託して、ママはブラチスラヴァに帰ってきた。

　ノエミとの別れがとりわけ悲しかった。わたしたちはとても仲がよく、いつもお互いの秘密を打ち明け合った。ノエミがハンガリーに行ったあとも、ときどきだが、なんとか文通できた。当時のわたしたちにとって最大の関心事は、どちらが先に初潮を迎えるかだったが、あるとき、ノエミがわたしに宛てた手紙で、月経が始まったと伝えてきた。わたしたちだけに通じる言葉で、彼女はこう書いた。「アメリカからわたしたちの赤いおばさまがいらしたわ」

　パパがその手紙を見つけて読んでしまった。それがわたしたちの暗号だと知るはずもないパパは、ノエミが捕まったのだと勘違いした。両親は嘆き悲しみ、わたしは怖くて本当のことを言い出せず、結局、二週間後に意を決して真相を告げると、パパはこんなときに〝下《しも》の話〟なんかしているんじゃないと激怒し、わたしを家じゅう追いかけ回した。

その後、ユーディトが送り出されることになった。幸運にも、タフォン夫人にはユーディトと同い年の娘がいたので、その娘の旅券を使うことができた。パパとわたしとで、ユーディトを駅まで見送りにいった。ユーディトは、真ん中分けでおさげにしたブロンドの髪にリボンを結んでもらい、鞄を肩から斜めにかけていた。駅に着く前に、パパがユーディトの両肩に手を添えて言った。「ユーディト、きみはいま、タフォン夫人の娘なんだ。だから、汽車が出ていくときも、ぜったいにエヴァやわたしに手を振っちゃいけないよ。わかったね？」

ユーディトはこくりとうなずいた。

パパとわたしとで、六歳のユーディトが列車に乗り、座席にすわるのを見守った。彼女のまなざしはわたしたちに注がれていたが、わたしたちに手を振ることはなく、代わりにタフォン夫人を見送りにきている夫のタフォン氏に手を振った。幼いながらに知恵をはたらかせたのだ。

その前夜、わたしとユーディトはベッドにすわり、わたしたちだけに通じる暗号をつくった。ユーディトがハンガリーに行ったあと、わたしは妹に電話してこう尋ねる。「ニャンたらニャン？」すると、妹はこう答える。「ワンたらワン！」——すべてうまくいっている、という意味だ。けれども、わたしからユーディトに電話することは許されず、この暗号を使う機会も訪れなかった。汽車が駅を出ていくときには思ってもみなかったが、あれがユーディトとの、わたしの愛しい小さな妹ユーディトとの、この世で最後の別れになった。

そして、まだ幼児で後回しになっていたレナータとルートの番がやってきた。ふたりはタフォン夫人の幼い息子に扮して国境を越えることになった。出発の日、手配された医師が我が家を訪れ、ふたりに睡眠薬を投与した。薬が効くと、わたしがふたりの髪を刈り、男の子の服を着せた。タフォン夫人は眠ったままの幼児ふたりを抱いて駅に向かい、列車に乗った。ママとパパとわたしはそのようすを遠くから見守っていた。

汽車が出ていくと、唐突にさびしくなった。それからの数ヵ月間、わたしはブラチスラヴァに残され、ひとりっ子として過ごさなければならなかった。でも、ひとりで悲しんでいる暇はなかった。わたしは忙しさに心を麻痺《まひ》させた。両親に言いつけられた仕事をこなすだけで精いっぱいだった。

「いまとなっては」と、パパが言った。「あらゆることが、生きるか死ぬかの問題なんだ」

「わたしなら助かる」

ブラチスラヴァ◆クラリスカー通り
一九四四年五月

ある朝、玄関にノックの音がして、わたしがドアをあけた。ブロンドに青い眼の、長靴《ちょうか》を履いたSS隊員ふたりがいかめしく立っているのを見て、背筋に寒気が走った。彼らはわたしの横をすり抜けて居間まで行き、椅子に黙って腰かけた。わたしは逃げるべきかどうか迷いながら、距離をおいてパパとママを見つめた。

しばらくすると、ふたりのうちのひとりが語り始めた。「ぼくの名はヘネク・ロートシュタイン、こちらは弟のヴィクトルです。ぼくらはこんな変装をして、アウシュヴィッツから逃げてきました。ぼくには十六歳の恋人、ユーディトがいる。十九歳のいとこもいて、彼女のことも守らなくちゃならない。彼女たちの隠れ家を必要としています」

ヘネクはしばらく押し黙ったあと、別の話を切り出した。「こちらのご家族がハンガリーに隠れていることは知っていますよ。でも、いますぐハンガリーからご家族を連れ戻したほうがいい。ぼくたちは、ハンガリーでアドルフ・アイヒマン*1の姿を見ました。つまり、ドイツのハンガリー侵攻が近づいているということです。そうなったら、すぐにハンガリーでもユダヤ人の強制移送が始まるでしょう。お子さんたちを家に戻すべきです」

パパとママがふたりの若い女性を匿うことに同意し、ヘネクとヴィクトルはすぐに立ち去った。ハンガリーに関して、ヘネクの言ったことは正しかった。それから数週間後、ドイツ軍がハンガリーに進駐し、アイヒマンによる容赦ないユダヤ人狩りが始まった。両親は昼も夜もハンガリーの親戚に電話し、子供たちをスロヴァキアまで戻してくれるように懇願した。しかし、危ない橋を渡ることを親戚たちは拒んだ。

パパは、クルティとノエミとマルタに受け入れ先の親もとから逃げ出し、それぞれがタフォン夫人と待ち合わせるように指示を出すほかなかった。タフォン夫人との待ち合わせは、三人同時に捕まることを恐れ、日時と場所もばらばらに設定された。

わたしたちはブラチスラヴァにいて、不安に苛《さいな》まれながら何日も待った。まずノエミとマルタが無事に帰ってきた。だが、クルティが遅れた。パパとわたしはクラリスカー通りの集合住宅の大きなアーチ門の脇に何時間も立って、クルティを待った。パパは心配のあまり体をこわばらせ、とめどなく涙を流しながら、息子を家に帰してくださいと神に祈った。

ふいに、背の高い痩《や》せた少年の姿が目に飛び込んできた。農夫の帽子をかぶった頭が人混みから突き出し、弾むように揺れていた。わたしたちはこちらに向かって駆けてくる少年に目を凝《こ》らした。クルティに間違いなかった。クルティがわたしたちに駆け寄り、抱擁のために腕を大きく開いた。パパがひときわ高い嗚咽《おえつ》をあげたが、それはすでにうれし泣きに変わっていた。

＊

パパはタフォン夫人にハンガリーまで行って、親戚の家からレナータとルートを引き取ってきてくれるように依頼した。タフォン夫人がその親戚のアパートに着くと、戸が封印され、中に人《ひと》気《け》はなかった。隣室の人が言うには、ドイツ人たちが来て、一家をブダペストの仮収容所に送ったということだった。

タフォン夫人は仮収容所に向かったが、そこにもレナータとルートはいなかった。しかし、夫人は看守に巧みに取り入り、ふたりの居場所を突きとめた。子供たちはブダペスト郊外のキシュタルチャ中継収容所に送られていた。そこには一日以上滞在することはまずなく、中継収容所からはただ一本の線路がアウシュヴィッツまで敷かれている。

タフォン夫人はその収容所に駆け込み、レナータとルートを発見した。なぜ、ほかにも小さな子供が大勢いるのに、ふたりの顔を忘れてしまった彼女にそれができたのか。パパがタフォン夫人にこう言ったからだ。「親が付き添ってない、痣《あざ》のある子を捜してくれ。大きな目で瞳の色は黒。その子がルートだ」パパが言ったとおり、大きな黒い目をしたルートが突っ立ち、その足もとで高熱を出したレナータが荒い呼吸をしていた。奇跡的にも、タフォン夫人はふたりを引き取るために必要な手続きを済ますことができ、レナータを腕に抱き、片手でルートの手を引いて、収容所をあとにした。

タフォン夫人はすぐにレナータを医者に診《み》せた。医者が長くはもたないだろうと言い、彼女はすぐパパに電話した。「この子が死んでも、わたしのせいじゃないわ。お支払いはちゃんとしていただけるのでしょうね?」

「生死にかかわらず、なにがなんでもふたりを連れ帰ってくれ。それが支払いの条件だ」と、パパは言った。

翌日の早朝、わたしがタクシーに乗って、レナータとルートを国境まで迎えにいくことになった。前夜、パパがわたしに言った——ふたりの妹に再会しても、感情を表に出してはいけない、と。「あの子たちにはきみがわからない。きみもわからないふりをするんだ」

タクシーで目的地に向かいながら、わたしは心の中で自分に言い聞かせた——〝何があっても、どんなに抱きしめたくても、キスしたくても、気持ちを抑えること〟。こんなふうにしつこく自分に言い聞かせても、感情を抑えきれず、失敗してしまうんじゃないかと怖かった。

わたしには遠くからでも、妹ふたりがわかった。がりがりに痩せたレナータは、青い目が落ちくぼみ、ぼんやりしていた。わたしは思わずタクシーから飛び出し、妹を抱きしめてしまった。その隣にはルートが立っていた。薄汚れ、呆然として、体のいたるところに瘡蓋《かさぶた》があった。わたしはレナータとルートを後部座席に乗せて、自分はふたりの間にすわった。

ところが、運転手が車を発進させようとしなかった。運転手はゆっくりと振り返り、後部座席で身を寄せ合った三人の子供を見た。「おれの目が節穴だと思ってるのか？　ユダヤのガキども、警察に引き渡してやる」

わたしは彼の言葉にまったく取り合わず、どうにか平静を装って言った。「国立劇場まで行ってください」

運転手は訝《いぶか》しむようにわたしを見つめた。クラリスカー通りとちがって、国立劇場はユダヤ人居住区ではない。これで考えが変わったのか、運転手は沈黙したまま国立劇場まで車を走らせた。そこからは妹ふたりを連れて、両親の待つ家まで歩いた。

妹たちが家に戻ると、パパとママはすぐに、ふたりをスロヴァキア内の新しい家族に匿ってもらう準備を始めた。そのためには、ふたりにハンガリー語をなんとか忘れさせて、スロヴァキア語をもう一度学ばせなくてはならない。両親は、レナータとルートにユダヤ教的なものを極力見せないようにした。祝禱《キドゥーシュ》、祈りのすべて……安息日《シャバット》の蠟燭《ろうそく》もだ。

ふたりはまだ幼いから、別の言語や伝統にも柔軟に適応できるだろうと両親は考えた。ふたりをブラチスラヴァに住むキリスト教徒の女性のもとに送って、スロヴァキア語を習わせ、生みの親から離れた新しい生活に備えさせた。

幼い子を両親から、家族の伝統から引き剝がすことには、どんな犠牲が伴うだろうか。それが幼い頭と心に、どんな影響を及ぼすだろうか。いまになっても、わたしの妹レナータはユダヤ人であるとは公言しない。それは、ごく幼い時期に、そうすべきではないと強く教え込まれたからなのだろう。

あの頃のレナータとルートを、あの大きく見開いた虚《うつ》ろな目を思い出すたびに、わたしはユーディトのことも思い返さずにはいられない。ブロンドの髪をおさげに結って駅に立っていたユーディト。あの子はあれっきり家族のもとに帰らなかった。パパはタフォン夫人にユーディトを見つけて連れ戻すよう依頼した。しかし、見つけるには見つけたが、すでに手遅れだった。タフォン夫人がハンガリーの中継収容所にユーディトの姿を認めたとき、あの子の目もきっと、大きく虚ろに見開かれていたにちがいない。収容所は鉄条網と見張りの兵士に囲まれていた。

ユーディトはその収容所に、彼女を養女として迎え入れた家族とともにいた。その一家の父親がママのいとこだったのだ。背の高い人で、大勢の囚人の中にあっても誇らしげに立っていたという。彼は祖国の戦争で武勲を立てた英雄だった。

「わたしなら助かる。大丈夫だ」彼は鉄条網越しに、タフォン夫人に言った。「ユーディトはわたしといたほうがいい」

しかし、戦功の甲斐《かい》もなく、彼はほかのユダヤ人と同じように、ユーディトと同じように、銃で脅されてアウシュヴィッツ行きの列車に乗った。そして、強制収容所に着いたとき、彼の勲章も——ほかのユダヤ人の眼鏡や指輪や子供たちの靴と同じように——剝ぎ取られたのだった。


1＊ナチス親衛隊のユダヤ人問題専門家として、ホロコーストを推し進め、強制収容所への移送において中心的役割を果たした。

最後の別れ

ブラチスラヴァ◆クラリスカー通り
一九四四年晩春

両親はつねに低い声で話し、つねにせわしなく動いていた。ある夜、パパとママから家族全員に召集がかかり、わたしたちは台所のテーブルを囲んですわった。ママの目には悲しみが満ち、パパの顔――いや、体全体に、悲嘆という重い荷がのしかかっていた。

パパが沈黙を破って話し始めた。「ママとわたしは、家族が生き延びるためなら、どんなことでもするつもりだ。そのためにひとつの計画がある。この計画を実行すれば、パパとママからまた離れることになる。もしかしたら長い間会えないかもしれない。きみたちもお互いに会えなくなる。家族がばらばらになるのはつらい。でも、わたしとママを信じてくれ。こうするのは、わたしたちが生き延びるためなんだから。

いいかい、よく聞くんだ。スロヴァキアの何ヵ所かに隠れ家を見つけた。わたしたちはそれぞれ、ふたり一組になって身を隠す。それぞれのペアは独立し、ほかのペアがどこにいるか知らされない。捕まるときはふたりいっぺんに捕まるが、ほかのペアまで捕まることはない。クルティはノエミと、ルートはレナータと、エヴァはマルタと組んでくれ。わたしとママはいずれマリア・

ヴォルシュラガーの家に潜んで、そこから全体を仕切ることになるだろう」

　翌日、パパはわたしとマルタを連れて駅に向かった。わたしたちはきびきびと無言で歩いた。わたしとマルタは、マリア・ヴォルシュラガーの名義で借りたニトラのアパートメントで暮らすことになった。完全にふたりきり。わたしたちがマリアの妹だとする偽の身分証も用意されていた。わたしの名前はアンカ・ヴォルシュラガー、年齢は十六歳と記してあったが、本当はまだ十二歳だった。そして、九歳のマルタの年齢が偽の身分証では十二歳。でも、マルタのアーリア人としての名前がなんだったのか、マルタ自身もわたしも思い出せない。

　駅まで向かいながら、パパがわたしたちの新しい名前と素性について説明し、細かなところまで何度も確認させた。「きみはどこの学校に通っていた？　両親はどこ？　なぜここにふたりだけで住んでいる？」

　駅に着くと、わたしたちの乗る汽車がすでにホームに停車していた。ほかにもいくつか列車が停まっていて、駅には活気があった。パパは行くべき方向を指差し、わたしたちをしばらく見つめた。「わたしの子供たちよ《マイネ・キンダー》、これが最後の別れになるかもしれない。きついだろうが、これからは子供のきみたちふたりでやっていくしかない。神様の助けがあり、生き延びられるように祈っている。連絡はマリア・ヴォルシュラガーを通して入れるが、たとえ連絡が長く途絶えても、わたしたちのようすを見に戻ってきてはいけない。きみたちの隠れ家にとどまりつづけなさい。いつも思い出してくれ。きみたちの頭上に輝く星と、わたしとママの頭上に輝く星は同じだ。

はるかパレスチナの上に輝く星も同じだ。いつか自由の身になって、わたしたち自身の国に住む日が来るだろう。その日までは星を見あげ、星に話しかけ、心配なこと、恐ろしいこと、すべてを星に伝えなさい。わたしも星を見あげて、答えられるように最善を尽くすから」

汽笛が鳴り、人々が押し合いへし合いで動き出すと、パパは厳しい顔になった。「いちばん大事なことを言うよ。捕まることがあっても、たとえ叩かれても痛めつけられても、けっしてユダヤ人だと認めてはいけない。わたしが教えたとおりの身の上を話しなさい。細かいところまで忘れないように。いいね、わかったね?」

そう言って、パパはわたしたちの手を放した。

ふたりだけで

ニトラ
一九四四年夏

ニトラでわたしたちが住むことになったのは、ひと部屋しかないアパートで、コンクリートの中庭を囲む集合住宅の中にあった。近所の人々には空襲で親を亡くした姉妹だとマリア・ヴォルシュラガーから事前に説明してあった。

マルタとわたし、ふたりきりの暮らしは、何かにつけ恐ろしく、何かにつけ苦労した。食糧も充分には得られず、お腹がすいても、疲れても、怯《おび》えても、泣きつけるおとなはいなかった。マルタとわたしだけ、見知らぬ町にふたりきり。

わたしとマルタはうまく話せなかった。ハンガリーに長く匿われていたマルタはドイツ語とスロヴァキア語を忘れ、わたしにはハンガリー語がわからなかった。お互いに身振り手振りで意思を伝え合おうとしたが、うまくいかなくて、いらいらした。

マルタはしばしば不安に呑み込まれた。何が悪いのか、何が欲しいのか、わたしに伝えるすべがなく、眠っているときにさえ声をあげて泣いた。

ある夜目覚めると、ベッドの隣に寝ているはずの妹がいなかった。部屋を見まわすと、月光に照らされた妹の小さな体がシルエットになって浮かび上がった。マルタは裸で窓台に立ち、それでもぐっすり眠っていた。声をかけたら、驚いて目を覚まし、窓から落ちてしまうんじゃないかと怖かった。

わたしは忍び足で窓台に近づき、妹の膝を後ろから抱えて引いた。マルタの体が勢いよく部屋のほうに転がった。目覚めた妹はパニックに陥り、わたしに殴りかかり、足で蹴り上げた。引っ掻いたり嚙みついたりの喧嘩はしょっちゅうだった。でもたいていは、お互いがひとりで不安に耐えた。アパートの小さな部屋はいつもひっそりと静まり返っていた。

ニトラにはフリーダ伯母さんの兄が妻子とともに暮らしていた。そのハベル家はわたしたちの住む集合住宅の隣で商売を営んでいたのだが、わたしたちが到着する前に、全員がアウシュヴィッツに送られてしまった。ハベル家の人たちは、ひとりとして生きて帰れなかった。

ナチスによるアーリア化計画に従ってハベル家の商売を引き継いだのは、親切な中年婦人だった。彼女はハベル家がゲシュタポ*1に踏み込まれたときも、一家を助けようと尽力した。パパは彼女を信頼し、わたしとマルタの素性を打ち明けた。彼女だけが、ニトラで本当のわたしたちを知っていた。とてもやさしくて信頼できる、あの時代には稀有《けう》な人だった。

彼女はパパを助けて、レナータとルートを匿う家も見つけてくれた。ふたりはエステルハージ伯爵の御者《ぎょしゃ》として働く男性の家に住むことになった。その家はニトラから徒歩で一時間ほどの、ウーイラクという村にあった。

レナータとルートをニトラまで連れてきたのは、マリア・ヴォルシュラガーだった。「御者の男には、ふたりはあなたたちのいとこだと言ってね」マリアがわたしとマルタに言った。「ふたりの両親も、あなたたちの両親と同じように空襲で死んだと言うのよ。そして、これがふたりの面倒を見てもらうための前払い金よ。半年分あるわ」

マリアはそれだけ言うと、去っていった。

＊

ニトラにいる間、日曜日にはいつもマルタといっしょにカトリック教会へ行き、告解をした。前もってロザリオが用意されていた。祈りの言葉も十字の切り方も教えられていた。それでも神父から疑わしげな目でじろじろと見られるのは怖かった。「なぜニトラのこの地に、少女ふたりだけで暮らしているのかね？」神父は告解室の仕切り越しに尋ねた。「引き取ってくれる祖父母や親戚のおばさんはいなかったのかね？」

教会を出ると、わたしとマルタは一時間歩いて、ウーイラクのレナータとルートを訪ねた。道の途中には数マイルごとに大きな木製の十字架が地面から突き立っていたので、わたしとマルタは十字架に出合うたびに立ち止まり、十字を切った。

エステルハージ伯爵の御者は農場暮らしをしていた。幼いルートが庭の鶏を追い、そのあとをレナータが追いかけた。レナータとルートは、御者のふたりの娘にかわいがられていた。ある日曜日、ウーイラクを訪ねると、ルートが台所の火をくべた煉瓦《れんが》ストーブの前にうずくまっていた。高熱を出し、呼吸に変な音が混じっている。どうやら肺炎らしく、御者の夫婦はルートの体を温めようとしていた。

わたしは村のお医者を呼んでくださいと頼んだ。当時は知るよしもなかったが、その医師はウーイラクでただひとりのユダヤ人だった。御者夫婦は、医師が村に欠かせない存在であるため、ドイツ人となんらかの取り引きを結んで命を保証されたのではないかと考えていた。

戦後、両親がその医師に会った。彼が両親に語ったところでは、その日煉瓦ストーブの前でうずくまるルートを見て、ユダヤ人だと直感したそうだ。彼はルートに手厚い治療を施し、秘密をけっして洩らさなかった。

長い歳月を経て、御者夫婦も、レナータとルートがユダヤ人であることに気づいていたと知った。一九四四年のクリスマス、御者の夫が友人たちを集めてご馳走をふるまったとき、ワイングラスを掲げてみなが「健康に乾杯《ナズドラビエ》」と言うと、妹たちは思わず「アーメン」と返してしまったのだ[*2]。

御者はユダヤ人の幼い姉妹をドイツ人に引き渡さない道を選んだ。彼はドイツの敗退が近いと予感し、もしロシア軍が侵攻してきたときには、レナータとルートを使おうと——自分はナチスの協力者ではない、なにしろユダヤ人の少女たちを匿っていたのだから、と訴えようと考えていた。

＊

マルタとニトラに住んでいる間、マリア・ヴォルシュラガーがわたしたちを密告するのではないかと、いつも怖かった。

つねに空腹だった。乏しい配給を受けてはいたが、ほとんどがパンで、わずかな牛乳が手に入れば幸運だった。新鮮な果物や野菜はなく、ましてや肉など望むべくもなかった。わたしたちはますます痩せ衰えていった。

ある日の午後、ついに空腹に耐えかね、パパとママから渡されたお金のわずかな残りで、鰯《いわし》の缶詰とパンを買った。おいしかった。なんというご馳走だったことだろう。しかしそれで、なけなしのお金が底をついてしまった。

わたしはママとパパに生活費を送ってくれるように手紙を書いた。マリア・ヴォルシュラガーが訪ねてきたとき、その手紙を託した。わたしたちの窮状を知ったら、両親はすぐにも助けてくれるだろうと信じていたが、返事は来なかった。

「どうしてパパとママは、わたしたちに返事をくれないの？」マリアが来たときに尋ねてみたが、彼女は口を閉ざしたままだった。もしかしたら両親が捕まって、マリアは悪い知らせを伝えたくないから黙っているのではないかと不安になった。

なぜ、あのとき疑わなかったのだろう？　マリアが裏切っていると、なぜわからなかったのか。マリアは両親に手紙を渡していなかった。それどころか、パパとママから託されたお金とさまざまな品物を横取りしていた。託された替えの下着まで、彼女は自分のものにした。それは戦争が終わって初めてわかったことだ。

もちろん、その後に起こったことと比べれば、マリア・ヴォルシュラガーの裏切りなどましな部類に入るのかもしれない。だがそれでも、彼女のしたことは罪深い。飢えた子供から食べ物を奪うだけでなく、彼女はわたしたちを見捨てられた気持ちにさせた。もう二度と愛する両親には会えないだろうと思い込ませたのだ。

1＊ナチス・ドイツの国家秘密警察。ドイツおよびドイツが占領・併合した国で、レジスタンスやスパイの摘発、ユダヤ人狩りと移送を行った。

2＊ヘブライ語で「しかり」、「そのとおり」。キリスト教においては、祈りや讃美歌の結びとしてのみ使われる。

尋問

ニトラ
一九四四年九月

隣室の住人がつねにわたしたちを見張っていた。彼らは、なぜ幼い少女がふたりきりで暮らしているのか、その理由を疑っていた。そして、この情報がSSの興味を引くのではないかと考えた。

ある朝、SSが部屋のドアをノックした。おとなのドイツ人のSSが四名、フリンカ親衛隊に所属するスロヴァキア人の協力者が一名。わたしが立って彼らと話す間、マルタはベッドにすわっていた。

SS将校がドイツ語で質問した。スロヴァキア人のふつうの少女はドイツ語を話さないと知っていたから、わたしはわからないふりをした。彼らは、スロヴァキア人の協力者に質問を引き継ぐように手振りで示した。

「お嬢さん、答えてもらおうか。このニトラにふたりきりで住んで、きみたちは何をしている?」スロヴァキア人の協力者が尋ねた。

「空襲で両親を亡くしました」と、わたしは答えた。「ここは、わたしの姉のアパートです。姉はマリア・ヴォルシュラガー。わたしの名は、アンカ・ヴォルシュラガーです」

尋問はしばらくつづき、わたしは怯《ひる》むことなく同じ答えを繰り返した。SSはそれを信じたのか、あるいは尋問に飽きたのか、やがて去っていった。

しかし、安心はできなかった。隣人は監視をつづけ、ゲシュタポに情報を流していた。わたしは心配のあまり夜も眠れなかった。SSはそれからも二度やって来て、毎回同じことを訊いた。

「このニトラにふたりきりで住んで、きみたちは何をしている？」

わたしの返答は揺るがず、細かな点までパパに教えられたとおりに答えた。偽の身分証があったし、わたしたちの主張を裏づけるマリア・ヴォルシュラガーの証書もあった。

＊

それでも、隣人は信仰に熱をあげるかのように、わたしたちを見張りつづけた。わたしたちが捕まって建物から出ていけばいいと思っているようだった。できるかぎり注意深く物音を立てないように暮らしたが、それがよけいに彼らの猜疑心《さいぎしん》を煽《あお》った。

そして、わたしたちは重大な失敗を犯した。以前の暮らしどおり金曜日に部屋を掃除し、衣類を洗濯し、食糧の買い出しに出かけてしまったのだ。それは隣人たちにとって土曜日にこなすべき日課だ。そのことがまたしてもゲシュタポに報告する理由を彼らに与えた。

やってきたのは前より上位の将校で、軍帽には髑髏《どくろ》と交差する二本の骨――〝トーテンコップ〟の帽章がついていた。長身痩躯《そうく》で、肌が抜けるように白く、磨きあげた長靴《ちょうか》を履いている。青い瞳の端整な顔だちが冷ややかで威圧的だったが、わたしたちから信頼を得ようとしてなのか、声を荒らげることはなかった。ある朝予告もなくあらわれた彼は、わたしたちに入念な尋問を行った。

わたしはいつもと同じ答えを返した。「空襲で両親を亡くしました。わたしの名は、アンカ・ヴォルシュラガー。十六歳です」今回も、なんとか自分たちがユダヤ人ではないという主張を通すことができた。

ところが、立ち去ろうとしたSS将校が足を止め、わたしを見つめて言った。「アンカ、わたしはここしばらく、子供のために優秀な養育係を探してきた。しかし、なかなか見つからなかった。だが、きみは有能な娘さんのようだ。このアパートできみと妹だけで暮らし、生活を切り回しているんだからな。どうだ、仕事に就きたくないか?」

「十六歳の養育係ですか?」わたしは尋ね返した。「その仕事に就くには、ちょっと若すぎる気がします」

「とんでもない。きみは充分おとなだ。きみならうまくやれるだろう」

「でも、妹の面倒も見なければなりません」

「妹さんもいっしょに来ればいい」彼はそう答えた。「わたしの家族はアウシュヴィッツに暮らしている。聞いたことはあるかい？　きみも妹さんも、アウシュヴィッツの我が家に住めばいいんだ」

　わたしは凍りついた。ユダヤ人がアウシュヴィッツのガス室に送られるという噂《うわさ》はすでに聞いていた。わたしの叔母さん一家もそこへ送られたのだ。

「でも……お尋ねしますが、アウシュヴィッツに家があって、このニトラで何をなさっているんですか？」

「もちろん、軍務だよ。明日、我々はブラチスラヴァを浄化する。明日から先、ブラチスラヴァは〝ユーデンフライ[*1]〟になるだろう」彼はしばし押し黙った。「だが、アンカ、心配するな。いま、返事をしなくても大丈夫だ。また戻ってきて、ここを訪ねよう。そのときに我が家に来るかどうかを決めてくれ」

　ＳＳ将校が立ち去るとすぐに、わたしはいちばん近い公衆電話に走って、６２３６に、パパの仕事場にダイヤルを回し、数ヵ月ぶりにパパの声を聞いた。わたしは一気に伝えた。「明日からブラチスラヴァは〝ユーデンフライ〟になるって」そしてすぐに電話を切った。

　戦後になって聞いたことだが、パパはその電話のあと、すぐに帽子をとってクランプル氏の仕事場を出た。街を歩きながら、ユダヤ人を見つけるたびに、身を潜めるように警告した。彼らはちゃんと話を聞いてくれた。パパは、日が落ちてからクラリスカー通りの我が家に戻った。午後六時、集合住宅の管理人は、住人全員が建物内にいるのを確認すると、各戸の玄関ドアに鍵をかけ、夕食をとるために自分の部屋に戻った。

パパとママは窓辺に立ち、脱出の機会をうかがった。管理人の息子イヴァンが門の前で見張っていた。静寂を破って声が聞こえた。「イヴァン、戻ってきて夕食を食べろ」こうしてイヴァンが見張りから外れた。

「いまだ」とパパがママに言った。「正面の門から通りに走って逃げるしかないな。通りには人混みがある。門から出たら、すぐに別れよう。きみは右に、わたしは左に。尾行されないよう気をつけて。きみはひとりでマリア・ヴォルシュラガーの家まで行ってくれ」

「スーツケースに荷物を詰める?」ママが尋ねた。「何を持ったらいい?」

「手ぶらで行くんだ。疑われないように」

その夜、クラリスカー通りにいたすべてのユダヤ人――すなわち、隠れる場所を見つけられなかったブラチスラヴァのすべてのユダヤ人――が真夜中に家から引きずり出され、パトローンカ地区に集められた。そして翌日、全員がアウシュヴィッツに送られた。


1*〝ユダヤ人のいない状態〟を意味するナチス・ドイツの造語。

ゴンバーリク

ニトラ
一九四四年十月

マルタが十歳の誕生日を迎える数日前の夜、ひとりのスロヴァキア人が、ニトラのわたしたちのアパートのドアを叩いた。その男は、若いユダヤ人のカップルを匿ってきたが、もはや限界だ、とわたしに言った。「ふたりをここに置いてもらえないだろうか」

「わたしたちはユダヤ人じゃありません」わたしは答えた。「なぜわたしたちに頼むんですか?」

「そのふたりが、きみたちはユダヤ人だと言ったんだ。きみたちがブラチスラヴァから来たことも知っていた」そのユダヤ人のカップルがわたしたちのことをその男に教えたのだと知って、ぞっとした。これはわたしたちを危険にさらす。それでも男の頼みごとを断りきれず、若いユダヤ人のカップルを部屋に入れることになった。

ふたりは数日間滞在し、マルタの誕生日の朝に出ていった。どこかに新たな隠れ家を見つけたようだ。

マルタとわたしは数日ぶりに外出した。その頃には、マルタがスロヴァキア語とドイツ語をいくらか思い出し、わたしもハンガリー語を少しだけ覚え、お互いに意思の疎通がはかれるようになっていた。

わたしたちは通りを歩いて、配給食糧を受け取りにいった。お天気がよく、街は買い物やおしゃべりする人で溢れていた。

そのとき、軍靴の音が近づくのを感じ、わたしは顔をあげた。二十五名の兵士が機関銃を肩に担ぎ、隊列をつくって行進していた。率いているのはシェパードを連れた背の低い男で、行進はわたしたちの住む建物の前で止まった。わたしは驚きに目を見開いた。怪しまれないように不安を押し隠そうと努力した。小柄な男が命令を叫び、二十五名の兵士が建物の中に入っていく。

そのとき、はっと気づいた。彼らはわたしたちのところにやってきたのだ。あのユダヤ人カップルを捕まえたのかもしれない。あるいは、彼らを匿っていた男がわたしたちの正体を密告したのかもしれない。「ハベルの店まで行って、そこに隠れて」わたしはマルタにささやいた。

ところが、その店の店員が、逃げようとするマルタを見て、声を張りあげた。「家に戻れ！どのみち、おまえたちは捕まるんだぞ」

わたしは彼の警告が聞こえなかったふりをして、反対方向へ行こうとした。が、通りにいる人々が店員の叫びを聞きつけ、一斉に叫び始めた。「家に戻れ！ 逃げられるもんか」通りすがりの人たちまでわたしを取り囲み、わたしたちの住まいのある建物へ、その階段へ、わたしたちの部屋へと追いやった。そして、部屋ではあの小柄な男が待っていた。

＊

兵士の輪の中に押しやられると、そこにシェパードを連れた男が立っていた。小太りで、頭が禿げ上がり、小さな目に残忍さが宿っている。男は長い間、わたしをじろじろと見た。あとでわかったことだが、名をゴンバーリクといい、フリンカ親衛隊の隊長だった。

階段の吹きぬけからマルタの悲鳴が聞こえたかと思うと、ドアが開き、マルタが部屋の中に放り込まれた。ハベル家の店を引き継いだ経営者は妹を助けられず、通りにいた人々が妹をここまで追い立ててきたのだ。

兵士のひとりがマルタを担ぎ、ベッドに投げ出した。マルタの目が恐怖をたたえていたが、助けてやりたくても、わたしにはなすすべがない。

誰もひと言も発しなかった。マルタだけが声をあげて泣き、兵士たちは苛立つように脚を揺すっていた。わたしは床に視線を落とした。ゴンバーリクがわたしのほうに数歩進んで言った。

「お嬢さん、いくつか訊きたいことがあって、ここへ来た」

彼はシェパードの引き綱を兵士のひとりに預けると、ポケットから銀製の拳鍔《けんつば》[*1]を取り出し、片手にはめた。

「おまえの名は？」

「アンカ・ヴォルシュラガーです」

ゴンバーリクが手を伸ばし、わたしの襟首をつかんで絞めあげ、黙ったまま、もう一方のこぶしの銀の鋲《びょう》で、わたしのこめかみを殴った。目の前が白くなり、吐きそうになった。

「おまえたちがユダヤ人だということは、もうわかっている」ゴンバーリクがつづけて言った。「さあ、名前を言え。でないと、またこれだ——次からは何発もだ」

わたしはこぶしを握りしめ、目をぎゅっとつぶった。恐ろしさで硬直した。誰も助けてくれない……。突然、パパの顔が浮かんだ。パパが何度となく言っていたことを思い出す——「ぜったいに、ユダヤ人だと認めるな。それは自分に死刑を宣告するのと同じだ」

わたしの襟首をつかむゴンバーリクの手に力が加わり、新たな一発がこめかみに入った。わたしは目を開き、声を張りあげた。「アンカ・ヴォルシュラガーです。ブラチスラヴァの空襲で両親を亡くしました。姉の名はマリア・ヴォルシュラガー。姉はよくここに来ます。だから証明できます。わたしたちはユダヤ人じゃありません」

ゴンバーリクがわたしの名前を、ニトラにふたりきりで住んでいる理由を問いつづけた。わたしはパパから教えられたとおりに答えたが、ゴンバーリクは容赦しなかった。シェパードの引き綱を兵士から取り返し、犬をわたしにけしかけた。犬は歯を剝《む》いてうなり、引き綱を振り切った。わたしは跳んで後ずさり、ベッドの隣にある洋服だんすによじのぼった。犬が下から激しく吠え、二十五人の兵士がわたしを指差し、声をあげて笑った。

ゴンバーリクが引き綱をとり、また兵士に渡し、洋服だんすに近づいてきた。「何か言うことはないか?」と、尋ねる。「それとも、これをもう少しつづけたいか?」

マルタの泣く声が聞こえた。わたしは言った。「誓います。わたしは本当のことを言ってます!」

ゴンバーリクに腕をつかまれ、洋服だんすから床に引きずり降ろされた。「立て!」ゴンバーリクが叫ぶ。「スカートを脱げ」

わたしはそうした。

「下着もだ」

兵士たちがまた、くっくっと笑った。ひどく屈辱的だった。

「この椅子に体をかがめろ」

わたしは木製の椅子の座面に腹這いにさせられ、床を見つめた。これから何が起こるのか予想もつかなかった。突然、鋭い痛みが脚とお尻に走った。ゴンバーリクが革製の警棒でわたしを打ちすえていた。警棒が振り下ろされるたび、兵士たちが大きな声で数える。「四十八……四十九……五十……」

「本当の名前を言うか? それとも、これをつづけるか?」

床に額《ひたい》をすりつけながら、わたしは訴えた。「誓います。言ったことは何もかも本当です! これ以上話すことはありません!」目の前にパパの顔が浮かび、頑張れと励まされた。わたしは言うもんかと心を決めた。

ゴンバーリクがわたしを立ち上がらせ、壁に押しつけて、全体重をかけてきた。わたしのシャツの中に片手を滑り込ませ、腹に手を這わした。指が肉をつまんでひねる。わたしは痛さに身をよじった。それから手は腹の上へ、胸もとへと這い上がり、胸の先端をつまみ、ひねりあげた。信じられない痛さで、もう長くは持ち堪《こた》えられないだろうと思った。彼の体が離れると、わたしはどさりと床にくずおれた。

そのあと、ゴンバーリクが軍服の胸ポケットから拳銃を引き抜いた。「兵士諸君、窓を閉めてくれ」そう言うと、ゆっくりとした動作で銃身の先に消音器を装着する。マルタがすすり泣いていた。ゴンバーリクの言葉の含みが、幼い妹には理解できなかっただろうけれど。「もう一度訊こう。何かわたしに言いたいことはないか？　たとえば、おまえの名前とか」

わたしは目を閉じた。〝本当のことを言ってしまったほうがいい〟と、心の中でもうひとりのわたしがささやいた。〝それからだって、生き延びられる。この男にだって、もしかしたら慈悲心があるかもしれないでしょう？〟銃口がこめかみに押しつけられるのを感じた。この一瞬、パパの魂がわたしのところにやってきた。パパの理性の声がはっきりと聞こえた。〝ユダヤ人だと言えば殺される〟パパの言葉を聞き、わたしは喉まで出かかった言葉を呑み込んだ。

マルタの悲鳴にはっとした。妹が兵士のひとりにベッドから抱え上げられ、部屋の外の階段に投げ出されていた。ゴンバーリクが拳銃を胸ポケットに戻し、妹につづいて同じ兵士がわたしを抱え、階段に投げ出した。わたしたちは慌てて立ち上がり、通りに飛び出した。兵士たちが、わたしたちの荷物のすべて——パパがわたしたちを匿う見返りとしてマリアに渡した反物の布地もすべて——部屋の窓から道に投げ捨てている。隣人たちがにやにや笑い、声をあげて笑い、囃《はや》し立てた。わたしはこのとき、ぜったいにこの人たちを赦《ゆる》さないと心に誓った。

＊

わたしたちを取り囲む人混みの中に、グレーテという名のドイツ人少女がいた。数週間前に友だちになったばかりで、彼女の父親はニトラに駐屯する親衛隊《SS》中尉だったので、逮捕されることになったら助けてもらえるかもしれないと思った。目くばせすると、グレーテは走ってきてくれた。「アンカ、兵隊はあなたをどこへ連れていくつもりなの?」と泣きながら尋ねた。

「ユダヤ人だと疑われてる。このままでは連れ去られるわ。あなたのお父様は保証人になってくださる?」

「パパはいま、この街にいないの」胸に失望が広がった。「わたしに何かできることは?」

わたしは両親を思った。わたしたちを捜さないように、マリア・ヴォルシュラガーとブラチスラヴァにとどまるように、両親に警告したかった。わたしはグレーテに身を寄せ、耳もとにささやいた。「公衆電話から4393に電話して。誰かが電話に出たら、〝品物を全部奪われた〟とだけ伝えて」

それを言い終えたのと同時に、兵士に腰をつかまれ、トラックの荷台に投げ込まれた。こうして、マルタとわたしはこの地域の仮収容所に送られた。

グレーテはわたしが頼んだとおりに、マリア・ヴォルシュラガーの家に電話をかけてくれた。電話に出たパパは、グレーテが〝品物を全部奪われた〟と言うのを聞いて、マルタとわたしが拘束されたのを知った。パパとママは、マリア・ヴォルシュラガーに別れの挨拶もせず、新しい隠れ家に向かった。

それはミスバッハという名のドイツ人男性の家だった。ミスバッハは、彼より二十歳も年上だが裕福な伯爵未亡人と結婚していた。夫人は厳格なカトリック教徒で反ユダヤ主義者だが、重度のアルコール依存症でもあったので、彼女の所有する広いアパートの、まさに彼女の目と鼻の先で何も気づかれずに両親を匿うことができた。その見返りとして、パパはミスバッハの事業を手助けした。

戦後、妹のノエミが話してくれたことだが、わたしたちが連行された――マルタが十歳の誕生日を迎えた――まさにその日、グレーテの電話からわずか三十分後に、ノエミもマリア・ヴォルシュラガーの家に潜むパパとママにミルク・スタンドから電話をしていたのだった。電話に出たのはドイツ語を話す男――ゲシュタポだった。ゴンバーリクの要請によって、マリア・ヴォルシュラガーが自宅にまだほかのユダヤ人を匿っていないかどうか調べにきていたのだ。

電話に出たドイツ人は怒鳴った。「誰だ？　言え！　どこに隠れている！」

ノエミはすぐに受話器を降ろし、ミルク・スタンドから走って逃げ、兄のクルティといっしょの隠れ家に戻った。

戦争が終わるまで、クルティとノエミは、パパとママが捕まったと信じ込んでいた。わずか数十分が生死を分けた。生き延びるのか命を落とすのか、生死の境がまさに紙一重の時代だった。

1＊打撃を強化するためにこぶしに装着する金属製の武器。

拷問

ニトラ◆仮収容所
一九四四年十月

マルタとわたしは、ニトラの仮収容所に連行された。そこはまさに獄舎で、百名ほどのユダヤ人が収容されていた。壁には奥行き三十センチほどの木製の棚が上下三段に並び、その棚がわたしたちの眠る場所だった。

仮収容所の人々はあまり言葉を交わさず、家族はたいてい家族だけで固まっていた。一家族だけ知り合いの一家がいた。クラナンスキー夫妻とその息子のイヴァン、そしてイヴァンよりずっと幼い男の子がひとりいた。

わたしはブラチスラヴァで二歳年下のイヴァンと仲よくしていた。最初の反ユダヤ法が施行され、ユダヤ人の子供が公園で遊べなくなったあと、わたしとイヴァンは街のまわりの丘陵によく出かけた。季節は春で、野原には芥子《けし》の花が咲き誇り、わたしたちはその種を口に運んで、日頃の憂《う》さを忘れようとしたものだ。

イヴァンの父親は優秀な建築家で、スロヴァキア共和国大統領ヨゼフ・ティソのもとで働いていた。「わたしはじきに大統領から赦免《しゃめん》される」と、彼がほかの収容者に言うのが聞こえてきた。

彼はほかの収容者がまるで死刑囚であるかのように気の毒がり、自分の乏しい食事を分け与えた。その後、彼の姿をアウシュヴィッツの群衆の中に見つけた。落ちくぼんだ目が深い虚《うろ》のようだった。クラナンスキー家で生き残ったのは、イヴァンただひとりだった。

＊

仮収容所では食糧が涸渇《こかつ》していた。人々はいつも食べ物のことを話し、手に入れた食糧を不可侵の財産のように扱った。労働に適すると見なされた者だけに食糧が分配された。わたしの仕事は、ユダヤ人から没収された品々の仕分けだったが、マルタには仕事が与えられていなかった。そのために、わたしの分け前をふたりで食べることになり、どちらもますます痩せ細っていった。

拷問はもはや日課となり、ふつうの人にとっての朝食やコーヒーと同じような、朝の儀式となった。コンクリートの床に響く長靴《ちょうか》の音が目覚まし時計代わりだった。毎朝四時、わたしは木製の棚からゴンバーリクの執務室へと兵士に連れていかれて尋問を受けた。そこにはわたしと同じように責め立てられる収容者が何人かいた。ゴンバーリクは、スロヴァキア各地に潜伏するユダヤ人に関する情報を集めることに異様な情熱を燃やしていた。

「おまえの名は？」質問は毎日同じだった。

「アンカ・ヴォルシュラガーです」

「お嬢さん」と、ゴンバーリクが言う。「おまえを肉の缶詰にする工場に送ってやろうか?」

いまわたしは、夜眠るときに耳栓をする。それでも毎朝四時になると、コンクリートに響く長靴の音に目を覚ます。わたしはベッドから跳び起き、寝室のドアを確かめ、ふたたび眠ろうと努めるのだ。

＊

ある朝、没収物を選《よ》り分けていると、ブロンドの髪のふくよかな中年婦人が作業場にあらわれた。初めて見る顔だったので、わたしはすぐに警戒心を持った。ユダヤ人にユダヤ人をスパイさせるのは、ゲシュタポがよく使うやり口だった。スパイするユダヤ人は集めた情報の見返りとして自由を与えられる。

「これ、何かわかる?」婦人がタリット[*1]をつまみ上げ、わたしに尋ねた。

「毛布か何かじゃないですか」わたしはそう答え、手もとの作業に視線を向けた。

「じゃあ、これは? これはなんだと思う? わたしにはよくわからなくて……」

わたしが顔をあげると、彼女はユダヤ教の祈禱書を持っていた。「異国の聖書ですね、たぶん」

わたしは答えた。

「あなたみたいなカトリック教徒の少女が、ふつう、これを外国語の聖書だなんて考えるものかしら？」

ぞくりとした。すぐには言い返す言葉を思いつけない。「ヴェアデン・ヴィア・レーベン、ヴェアデン・ヴィア・ゼーン」思わず、この言葉が口を突いて出た。〝生きていれば、いずれわかるでしょう〟。

「あら！」彼女は声を張りあげた。「それって、ユダヤのことわざなんじゃない？」

同じ作業場にジーモンという痩せた青年がいた。たぶん十八歳くらいで、やさしく、きれいな目をしていた。彼がこの婦人による尋問を聞いていたらしく、品物を詰めた箱を持って出口に向かうとき、わたしの横を通りしなに身をかがめてささやいた。「それ以上しゃべっちゃだめだ。彼女はきみに関してまだ何もつかんじゃいない」わたしは、彼の忠告に従い、それっきり婦人に対して口を閉ざした。

翌朝もコンクリートに響く長靴の音で目覚めたが、この日はゴンバーリクの執務室に連れていかれることはなかった。その代わり、収容者全員がコンクリート造りの獄舎から出され、中庭に行くよう命じられた。その中庭の煉瓦壁を背にひとりだけで立つ者があり、わたしにはそれがすぐにジーモンだとわかった。ジーモンの顔は蒼白だった。わたしたちは彼と向き合うように整列させられた。

ゴンバーリクが前に進み出て、人々の前に立った。「今朝はおまえたちに銃殺刑の立会人になってもらう」彼はそう宣言した。

そして、ライフル銃の撃鉄を起こし、ジーモンの頭を狙った。次の瞬間には、ジーモンの若い肉体が地面にどっと崩れていた。

わたしの体はがたがたと震え始めた。わたしのせいなの？　次に処刑されるのはわたしにちがいない……。

中庭の離れた場所から女性のすすり泣く声が聞こえた。幼い娘を抱いたひとりの母親が、両脇をSS将校にはさまれ、足を引きずって歩いてくるのが見えた。将校のひとりが彼女の腕から娘をもぎ取って地面に落とす。その子は母親の足にしがみついた。その子――まだ三歳だった――は、何が起きているのかまったくわかっていなかった。

ふたたびゴンバーリクが口を開いた。「このユダヤ人は、昨夜、逃亡をはかった。娘といっしょに窓から飛び降り、脚を折った。これをおまえたち全員への警告としよう」

ゴンバーリクがライフルを構え、頭を狙い、撃った。母親の体が娘のそばにくずおれる。女の子が横たわった母親をじっと見おろし、声をあげて泣き出した。

沈黙を味わうように、ゴンバーリクはしばし口を閉ざした。内庭は静まり返り、幼児の弱々しく泣く声だけが聞こえていた。わたしたちは次に起きることに身構えた。やがてゴンバーリクが三度目に銃を持ち上げ、幼児を母親のもとに送り、壁の前に横たわる三人の遺体を百対の目が見つめた。

戦争終結からほどなく、ゴンバーリクの戦争犯罪を問う裁判がニトラで開かれ、わたしは証言台に立った。そのとき、裁判所に近い居酒屋兼宿屋に宿泊したが、スロヴァキア人の兵士たちが夜通し騒ぐ声を聞くだけで恐怖がまざまざとよみがえった。

その裁判で、わたしはゴンバーリクがあの収容所でしたこと、自分が目撃したことを何もかも証言した。彼がわたしを痛めつけたこと、ジーモンを、あの母子を射殺したことを語り尽くした。傍聴席には、戦時にゴンバーリクの部下で戦後は自由な市民に戻った者たちがいて、わたしが証言する間、にやにや笑ったり野次を飛ばしたりした。

ゴンバーリクは罪状をすべて否認し、判事を見つめて、自分はさも善人であるかのように言った。「わたしが子供に手をかけるなんて、そんなことは一度としてありませんでした。ええ、一度として」

判事はわたしの見たところユダヤ人のようだった。裁判を通してきわめて詳細に、厳密に、わたしから証言を引き出そうとした。ジーモンの死について何度もわたしに尋ねた。どんなふうに撃たれたのか、なぜ彼は撃たれなければならなかったのか。

ゴンバーリクは有罪とされ、死刑判決が下された。その後、わたしはジーモンがその判事の息子だったと知った。

1＊ユダヤ教において成人男子が祈禱のときに用いる四隅に房飾りのついた肩掛け。

逃げることもできず

ニトラ◆仮収容所
一九四四年十月

仮収容所に来て二週間後、わたしはマルタとともに審問に呼び出された。連れていかれたのは収容所の敷地のいちばん端に建った兵舎で、その兵舎のいちばん奥に大きなテーブルが据えられ、八人の男がわたしたちのほうを向いてすわっていた。近づいていくと、真ん中にすわっているのがゴンバーリクだとわかった。ゴンバーリクは目をすがめてわたしたちを認め、冷笑を浮かべた。

そして、わざとらしく立ち上がって言った。「おはよう、お嬢さんたち」わたしたちをからかっているのだ。「きみたちが興味を持ちそうな情報を仕入れたんだ。きみたちの姉さん、そう、マリア・ヴォルシュラガーをブラチスラヴァのアパートに訪ね、ニトラに住む妹たちについて、いくつか質問してみた」

背筋が寒くなる。

「きみたちの姉さんがなんと答えたか、知りたくはないかね？　さあ、もう一度、チャンスをあげよう。お嬢さん、きみの名前は？」

わたしはゴンバーリクを見つめ返して言った。「アンカ・ヴォルシュラガーです」

ゴンバーリクがテーブルにこぶしを力まかせに打ちつけると、その反響が兵舎のすみずみまで伝わった。「この嘘つきめ！」大声で怒鳴《どな》る。「おまえは、エヴァ・ヴァイス、十三歳。妹はマルタ、十歳。おまえたちはユダヤ人だ。これからおまえたちを遠いところへ送ってやろう」

翌朝、ゴンバーリクと部下の兵士らに駅まで連行された。大勢のユダヤ人が次々と列車に押し込まれていた。全員がセレトの中継収容所に送られ、そのあと向かうところはアウシュヴィッツしかない。

駅の入口で、知っている人の姿を認めた。そのまなざしから、彼もまたわたしを認めたのに気づいた。友人グレーテの父親だった。ドイツから戻り、グレーテに頼まれて、わたしたちを捜していたのだ。わたしは必死に、彼に向かって手を振った。彼はわたしたちのほうに走り寄り、大きな身振り手振りでゴンバーリクと話し始めた。

ゴンバーリクは作り笑いで応じた。「恐縮ながら、それは誤解です。このふたりはユダヤ人。本来の姓はヴァイスです。だまされていらっしゃったのです。ですが、どうかご心配なく。こいつらもほかのやつらといっしょに片づけておきましょう」

ゴンバーリクはそう言うと、それぞれの手でわたしとマルタの腕をつかみ、みずから列車まで誘導した。マルタを貨車に投げ込んでから、彼はわたしに顔をぐっと近づけて言った。「お別れだな、クリスチャンの友だち、十六歳のアンカ・ヴォルシュラガー。ついでに、ユダヤ人の友だち、十三歳のエヴァ・ヴァイスにもだ。もう二度と、会うこともないだろう」

気力も希望も尽きた。奪われ、辱められ、痛めつけられ、体も魂も壊された。生きるために闘う強固な意志が自分の中から失せてしまったみたいだった。

「ええ、二度と会わない。たとえ、わたしがあんたの肉の缶詰にならなかったとしても」わたしはそう答え、列車に乗った。

みながみな孤児となり

セレトに向かう汽車
一九四四年十月下旬

車内は混んでいて、すわる席はなかった。人々は家族ごとに寄り添い、子供たちが声をあげて泣いていた。わたしはマルタの横に立ち、見知った人がいないかどうか車内に視線をめぐらした。同情的なまなざしを向けてくるスロヴァキア人兵士がいた。それに気づいて、わたしは胸ポケットに手をやった。ポケットの中には、ニトラの仮収容所で作業しているとき、没収品の山から抜き取ってきた金のペンがあった。わたしはペンを片手に握り、もう一方の手でマルタの手を引いて、車内の人々を掻き分け、若い兵士に近づいた。

ようやく兵士のところまでたどり着き、その耳もとにささやいた。「この金のペンをあげます。だから、わたしたちがここから飛び降りても、どうか撃たないで」

彼はペンを受け取ると、わたしに視線を戻し、うなずいた。「撃ち殺すのが任務なんだけど、なるべく外すようにしよう」

「ほかの見張りはどう?」わたしは尋ねた。「ほかの兵士も撃つ?」

「ほかの兵士にまで狙いを外せとは言えないな。試してみるしかない。どう考えても、きみたちに不利な賭《か》けだけどね」

兵士はペンを――わたしにとって最後の財産を、彼のポケットにおさめた。こうして、汽車はセレトの中継収容所に向かって走りつづけた。

＊

何時間かが過ぎて汽車が停まった。ドアがあけられると、何列にもなって立つ大勢の人々が見えた。各列が異なる方向に進んでいるようだった。拡声器から抑揚《よくよう》のないドイツ語の命令が響いている。列車から降りるようにと、兵士らから命令された。

その中に全体を監督していると思われるSS隊員がいた。その男がアイヒマンの片腕、アロイス・ブルンナー[*1]だということはのちにわかった。わたしは彼に近づき、話しかけた。

「恐れ入りますが」なるべく丁寧なドイツ語を使うように努めた。「ひどい誤解があります。わたしと妹はユダヤ人ではありません。カトリック教徒なのに、間違って逮捕されました。少しだけお時間をいただければ、それを証明してみせます」

彼は冷ややかな目でこちらを見やり、躊躇《ちゅうちょ》なくわたしを蹴り飛ばして歩み去った。

拡声器の声が言った。「編み物に熟達した者、あるいは職業としてきた者がいれば、名乗り出なさい。該当する者たちは移送を引き延ばす」

編み物のことなどまるでわからなかったが、すぐに頭の中でストーリーをこしらえて名乗り出た。担当者は背の低いユダヤ人の女性だった。

「家が貧しくて、小さい頃からお金を稼ぐために母から編み物を教わりました。編み物は得意です。でも、わたしをここに残すなら、妹もいっしょに置いてください」

あとには引かない思いで訴えると、女性が同意してくれた。わたしは、ＳＳの女性隊員のものだという編みかけのジャンパーを渡された。全体がピンク色のアンゴラ毛糸で編まれ、首周りに黒い毛糸の複雑な編み込み模様があった。「これを完成させて」と担当の女性が編み棒と毛糸玉を寄こした。

編み込み模様と毛糸を調べるふりをしていると、アウシュヴィッツ行きの汽車が甲高い汽笛を鳴らした。わたしは編み物をしているように装ったが、ジャンパーはほどけていくばかりで、編み目がわたしから逃げるように編み棒からこぼれ落ちていった。およそ一時間後、編み物がまったくできないことが監督の女性にばれてしまい、わたしは嘘をついた罰として殴られた。

わたしとマルタは移送を待つ人々で溢れる大きな部屋へ移された。横たわる場所さえなく、ひと晩じゅう、その部屋に立っていた。

＊

夜明け前、わたしたちはＳＳ隊員によって建物から追い立てられ、貨車まで歩かされた。家畜の輸送専用貨車に、男も、女も、子供も、病人も、老人も、いっしょくたに詰め込まれた。幼児や赤ん坊は母親たちの腕に抱かれていた。ふたたび甲高い汽笛が鳴り、扉のかんぬきが下ろされ、汽車が走り出した。

すさまじい恐怖の中で一日が過ぎた。水も食べ物もなく、倒れる人があらわれ始め、一度倒れると、再度起き上がれる人はほとんどいなかった。

貨車は許容量をはるかに超えた人間を運んでいた。暗くて、空気も薄い。貨車の真ん中に排泄用の小さなバケツが一個だけ置かれていたが、人が多すぎて、みながそこまでたどり着けるわけではなく、我慢しきれなくなると床に垂れ流した。

その夜、わずかの間、汽車が停止した。わたしたちは叫んだ。「水！　水をちょうだい！」しかし、その叫びも夜の闇に呑み込まれた。

わたしと向かい合うように、女の子の赤ん坊を抱いた若い母親がいて、赤ん坊はひもじさに泣きつづけた。水も食べ物もなく二日間が過ぎると、母親は一滴の乳も出せなくなった。赤ん坊は泣き叫んだが、母親はその子の頬をそっと撫でてやるほかなかった。赤ん坊は切れ目なく泣きつづけた。

赤ん坊をさすりつづける母親を見つめていると、たまらなく両親の腕に抱かれたくなった。わたしの見るかぎり、わたしとマルタだけが、貨車の中で両親を伴っていなかった。自分が孤児のように感じた。〝ママとパパがここにいてくれたら、それだけでいいのに……〟と、わたしは思った。〝パパとママがいたら、やさしくしてくれる。ぎゅっと抱きしめてくれる……〟わたしは神様が守ってくださるように願った。奇蹟《きせき》が起きますようにと祈った。きっと、きっと、神様がわたしたちを助けてくださる……。

移送の貨車に乗せられて三日目、赤ん坊が泣くのをやめた。母親のほうを見ると、腕の中の子はもう息をしていなかった。母親はその子の小さな頰をさすりつづけ、時折、耳もとにささやきかけた。

わたしの祈りは聞きとどけられなかった。誰もわたしたちのことなど見守っていやしないんじゃないか。取り残されたように感じた。見捨てられ、孤児になってしまったのだ——わたしたちみんながみんな。この恐ろしい長旅の間にわたしの信仰は揺らぎ始め、それは揺らぎつづけながらいまに至っている。

これからも神の摂理を理解したと言い切れる日はやってこないだろう。しかし、神の摂理を疑い、それについて嘆くことは罪ではない。神に疑いを投げかけることで、わたしはかろうじて自分の信仰を健全に保つことができたのだといまはわかっている。わたしは神を疑い、失望に打ちひしがれた。しばしば神に抗い、捨て鉢な気持ちになった。でも、神との対話をやめたことは一度としてなかった。神はけっして死ななかった。わたしは、この中の誰かが生き延びるだろうと思い、それを疑わなかった。そして生き延びた者が、ユダヤの民とユダヤの神との間の、この痛み多き困難な対話をつづけていくのだろうと信じていた。母親の腕の中で死んでいった赤ん坊を前にして、わたしは神様に呼びかけ、祈った。〝わたしを生かしてくださるなら、わたしはもっともっとたくさんのユダヤの子を産んでみせます〟と。

＊

旅は果てしなくつづくように思われた。老いた人や、患った人が、家族のかたわらで死んでいった。さらに数日つづいたら、わたしたちも命を落としていただろう。でも、汽車は停止した。排泄物の汚臭を嗅がされてきた鼻が、それとは別の、何かが腐敗するような臭いをとらえた。近くにいた男性がマルタを抱え、格子窓の高さまで持ちあげて尋ねた。「何が見える？　何が見えるか教えてくれないか」

「煙突がいくつも見える」と、マルタが答えた。「それと、煙がたくさん」

1＊アイヒマンの副官として、ユダヤ人の絶滅収容所への強制移送に従事した。ドイツ敗戦後、ヨーロッパ各地を経て、シリアに逃亡した。

第一日

アウシュヴィッツ＝ビルケナウ
一九四四年十一月三日

貨車の扉が開いた。雪が激しく舞っていた。ドイツ兵が貨車に乗り込み、大声で命令した。「子連れの女、十六歳以下の子供、老人は右へ！　若い男、子連れでない女は左へ！」わたしたちはそれに従った。

わたしとマルタが右に向かって歩き始めたとき、ひとりの青年から腕をつかまれた。「これは〝選別〟だよ。きみは充分おとなに見える。こっちへ来いよ！」

わたしはうろたえて、マルタを見つめた。

「いいよ、行って」マルタが言った。「生きられるほうに行けばいいよ。わたし、ひとりで死ぬの怖くないから。きょうの日付を覚えておいて、パパに言ってね。わたしのために〝死者への祈り《カディシュ》＊1〟を唱えてって」

青年が腕をまた引っ張った。わたしは誘惑に屈して、じりじりと左へ――生き延びる者たちのほうへ歩み始めた。しかし、今度は反対側から、わたしのスカートを引っ張る手があった。見ればマルタがわたしのスカートをしっかりとつかんでいた。

「エヴァ。わたし、やっぱり、ひとりで死ぬの、怖い」

数日前までは、マルタが視界からいなくなることさえ耐えられなかった。なのに……なのに、いまは、煙突と煙の直中《ただなか》に妹を置き去りにしようとしているの？　罪悪感でいっぱいになった。

わたしは青年の手を払い、マルタの手を取った。「もう二度と、別れることはないから」マルタにそう言った。「約束するよ」

＊

犬が吠え、ＳＳ隊員が「出ろ《ラウス》、出ろ《ラウス》！」と叫んでいる。マルタとわたしは右へ押しやられ、五人縦列を組むよう命じられた。そして、行進が始まった。

このビルケナウ*2の最初の行進を、わたしは生涯忘れることはないだろう。電流を通した有刺鉄線の向こうに囚人たちが立っていた。頭髪を刈られ、骨の浮き出た体にぼろをまとい、肉の削《そ》げ落ちた顔の中で目ばかりがやけに大きく見える。絶望と錯乱を宿す深い穴のような目が、新入りたちの中に親族がいないかどうかを必死に探っていた。

わたしが生き残りたいと思ったのは確かだ。生き延びる側になんとかとどまりつづけたいと願っていた。でも、こうなってまで生きたいだろうか？　彼らのようになったとしても？　彼らはもはや人間には見えなかった。行進しながら、わたしは神様に祈った。そのとき祈ったのは、生き延びることではなかった。わたしは祈った――〝神様、どうか、どうか、わたしを人間でいさせてください。あの人たちのひとりにはなりたくないのです〟。

行進しているわたしたちには、この先で待つのが生か死か、わかっていなかった。きっと助かるというささやきが、隊列の中をさざ波のように抜けていった。わたしたちは知り得ぬ目的地に向かってゆっくりと歩きつづけた。

途中で、小さな橋を渡った。欄干はなく、銃を持った兵士が並んでいた。橋の下には汚水が流れている。それは覆いのない下水溝だった。SS隊員のひとりが、マルタを橋から蹴り落とした。マルタは下水溝の中で金切り声をあげ、汚水にまみれて手をばたばたさせた。ひとりの少年が果敢にもすぐに飛び込んで引き揚げてくれなければ、マルタは溺れていただろう。兵士らが喚声《かんせい》をあげ、大笑いした。

やがて、行進は大きなバラックの前に来て止まった。わたしたちは中に入るよう命じられた。そこは狭くて奥に深く、薄暗く、寝台代わりの棚が並んでいた。バラックの建ち並ぶ中央あたりに置かれた椅子の上に、ずんぐりした男が立っていた。彼はこの家族収容区のブロック長《ブロックエルテステ》*3だった。

「いいか、気を抜くな」と、彼は叫んだ。「余計なひと言が、列からはみ出す一歩が、ここでは死を招くんだからな」そのあとに、外へ出ろという命令がつづいた。

この初日のことをけっして忘れない。いっそ忘れてしまえたらどんなにいいかと思う瞬間がいくつもあった。外に出ると、広場に絞首台が置かれていた。わたしたちは、その絞首台の前に並ばされた。二名のSS隊員が少女を引き連れてきた。わたしと歳はそれほどちがわないだろう。SS隊員が彼女の首に輪縄をかけるのを見て、わたしは嗚咽《おえつ》を抑えきれなくなった。「泣かなくていい」わたしの隣に座っていた班長《カポ》がささやいた。「あの子は幸運だった。いまはもう朦朧《もうろう》としている。友だちが鎮静剤を手に入れ、あらかじめ飲ませたんだ。彼女の苦しみはもう終わったんだ」

わたしは、彼女が絞首台からぶらさがるのを見た。そのときのことがいまも頭から離れない。彼女の苦しみは終わっていない。彼女の苦しみはまだ生きていて、わたしの記憶の中で際限なく繰り返される。

夜が訪れ、バラックに戻れと言われた。マルタはまだ汚水で濡れていたが、洗い流す水もなく、寒さに震えてヒステリックになっていた。

最初の食事が届いた。カップ一杯の薄いコーヒーだったが、その棟にいる全員がマルタを洗うために、それぞれの割り当てを分けてくれた。それから幾人かの男たちが、間に合わせのテーブルを囲んで議論を始めた。男たちは自分たちの身に起きていることをなんとか受け入れようと努めていた。そして話し合いのあと、間に合わせのウィジャボード*4をつくって、死者を呼び出し、対話を始めようとした。わたしたちは恐ろしさに震えあがった。

1＊ユダヤ教において、近親者が服喪の間に、死者を弔うために唱えられる祈り。

2＊アウシュヴィッツ第二収容所として、第一から二キロ離れたブジェジンカ村に一九四一年から建設が始まり、四三年春完成。ガス室による大量殺戮を行う絶滅収容所として機能した。

3＊ブロック古参とも言い、収容所の囚人役職のひとつ。ブロック全体の囚人を監督した。

4＊降霊術に用いる、「はい」「いいえ」やアルファベットなどを記した文字盤。

家族収容区

アウシュヴィッツ＝ビルケナウ
一九四四年十一月

ビルケナウに着いた翌朝、わたしたちはバラックの前に整列させられた。ずんぐりとした体型で、よく響く声を持つブロック長が囚人たちをじろじろと眺めたあと、わたしを指差して言った。

「おまえだ。おまえを助手にする。きょうからおれを手伝え」

わたしは同じバラックの入口右手にある彼の部屋に連れていかれた。そこには調理用こんろとベッドとテーブルがあった。仕事は簡単だった。彼のために料理し、部屋を掃除すればよかった。わたしは自分の時間を持てた。こんろがあるおかげで部屋は暖かだった。

この部屋にいる間、靴をマルタに預けておくといういい考えがひらめいた。囚人のひとりが、靴は食べ物より価値があると言っていた。少しでも底がすり減るのを避けたかった。

仕事を終えてマルタのようすを見に行くと、マルタはバラックの片隅にぼんやりと立っていた。

「わたしの靴はどこ？」

「ごめんね、エヴァ」

「靴をどうしちゃったの？」

かわいそうなマルタはすっかり怯《おび》えていた。「電気網の向こうに女の人がいて、わたしに言ったの。靴を投げてよこしたら、パンをあげるって……。わたし、すごくお腹がすいてたの。だから……ごめんなさい、エヴァ」

「それで、パンはどこ?」

マルタが目を伏せる。「まず、わたしが靴を投げたの。そしたら、その女の人が言ったの。あんたたちはどうせ、ここで死ぬんだよって。パンをくれなかったわ」

これが、マルタとわたしが身をもって学んだビルケナウでの生き方だった。

＊

それから数日間、ブロック長の助手として働いた。おおかたの時間はひとりきりだった。ある日、こんろでお湯を沸かしているところに、彼がどすどすと入ってきて、叫びをあげた。帽子を脱ぎ、それを持った手で湯がたぎる鍋を打ちすえた。熱湯が左腕にかかって、わたしは火傷《やけど》を負った。

「なんでおまえを助手にしたかわかるか? きれいな顔だからとでも思っていたか?」彼は吠えるように言った。

何も返せなかった。

「そうじゃねえ！　ガス室送りになったおれの娘に、おまえがそっくりだからだ」

ブロック長がわたしの腕をつかみ、便器まで引きずった。彼の悲嘆と絶望が激しい怒りに変わり、そのすべてがわたしにぶつけられた。彼はわたしの頭を便器の中に押し込もうとした。やめてと懇願したが、わたしがげえげえと吐き始めるまでやめようとしなかった。

「立て！　おまえのバラックに戻れ！」最後に彼は叫んだ。

このブロック長は、収容所解放後、生存者たちの手で殺されてしまった。

A27201
アウシュヴィッツ＝ビルケナウ
一九四四年十一月

その朝、わたしたちはいつもより早く、まだ日も昇らないうちに起こされた。午前四時頃だった。命令に従って広場に出ると、いつもの点呼が始まった。水っぽいコーヒーと薄いパンひと切れが朝食として配られ、そのあと別のバラックまで歩かされた。刺青《いれずみ》のためと聞かされたものの、わたしたちにはその目的がわからず、ガス室送りの準備ではないのかと恐れおののいた。

わたしの番が来たので、震えながら左腕を差し出した。わたしに刺青をしたのは、同じ収容所に囚《とら》われているユダヤ人男性だった。彼は火傷痕の残るわたしの左腕をそっとつかみ、小声で言った。「刺青をされるのは、生き延びるほうに選ばれたからだよ」

そのやさしい男性のおかげで、わたしは束の間、安堵した。しかしすぐに、もうきのうまでの自分ではないのだと気づき、打ちのめされた。わたしはもう、十三歳のエヴァ・ヴァイスではない。十六歳のアンカ・ヴォルシュラガーでもない。わたしはA27201になったのだ、と。

刺青が終わると、五人縦列に並ばされ、行進を命じられた。わたしたちは行進した。行進の途中、巨大なコンクリートの穴のかたわらを通り過ぎた。その少し先に白樺の木立があり、小枝が風に揺れていた。

戦後になって、わたしはこの穴が妹ユーディトのお墓だと知らされた。ユーディトは、ハンガリーで受け入れ先の家族とともに、夜の闇に紛れて逃げ出そうとしたところを逮捕された。彼女はその家の窓から隣家の庭に飛び降りた。犬をなだめるための角砂糖をポケットに忍ばせていたのだが、運悪く犬が吠え立て、それで捕まった。アウシュヴィッツに着くと、妹はほかの大勢の幼い子供とともにダンプトラックに乗せられ、あのコンクリートの穴に生きたまま投げ込まれた。穴の底からは炎があがっていたという。

わたしは妹の墓の横を通り過ぎ、振り返ることもなかった。もしこのとき、そこがユーディトの永久《とわ》に眠る場所と知っていたなら、小さな妹のために〝死者への祈り《カディシュ》〟を唱えていただろうに……。それでも、コンクリートの穴の近くで風にそよぐ白樺の木立は、そこに眠るユーディトと大勢の子供たちのために、永遠のカディシュを唱えつづけているのかもしれない。

＊

行進の向かう先はザオナ（サウナ室）＊1だと聞かされていた。しかし、それはサウナとはほど遠い、コンクリート製の大きな部屋だった。わたしたちは銃口で脅され、服を脱いだ。視界の片隅に、学校で以前教わったローラ＝ネニ先生の姿があった。あんなに威厳に満ちていた先生が真っ裸にされ、銃を前に震えていた。

わたしたちは奥の部屋へ追い立てられた。裸のままなので寒かった。そして、その部屋で裸のまま髪を刈られた。こうして徹底的に尊厳を剝《は》ぎ取られ、タオルと石鹸《せっけん》のかけらを渡された。石鹸は人間の脂肪でつくってあると言う噂を聞かされていた。

その後、天井にシャワー・ヘッドが並ぶコンクリートの小さな部屋に入れられた。年上の幾人かが「これはガス室よ!」と叫んだが、それでも強引に押し込まれた。扉が閉まり、かんぬきが下ろされる。悲鳴と呻きが部屋に満ちたとき、冷たい水が頭上から落ちてきた。

水が止まると、今度は反対側の扉があいた。わたしたちは裸のまま外に押し出され、頭をさげるように命令された。あまりの寒さにがたがたと震えていると、刈ったばかりの頭に消毒代わりだというガソリンをかけられた。

係の者がわたしたちに衣類を投げた。ひどい代物がわたしのところに来た。片袖のちぎれたシャツ、染みだらけのズボン。マルタがどさくさに紛れて、汚れのない衣類をよけいに取ってきた。服を次々に着込んで、わたしの分まで確保してくれたのだ。

長い一日がようやく終わったとき、わたしはもう自分がどこの誰やらわからないほど疲れ果てていた。


1*ビルケナウの収容者受け入れ棟をこう呼んだ。

脱衣、散髪、シャワーなどを流れ作業で効率よく進められるように設計されていた。

幼児棟

アウシュヴィッツ＝ビルケナウ
一九四四年十一月

わたしとマルタは幼児たちのバラックに入れられた。ほかと同じような、がらんとした大きな納屋のような建物だった。わたしとマルタがいちばん年長で、ほかにもうひとり、わたしと同い年ぐらいのブシという名の少女がいた。この年長の三人が、およそ七十人の子供たちの面倒をまかされた。そこにいる多くの子供は三歳以下で、食べ物はまったく配給されていなかった。

夜になると、子供たちの母親がバラックの扉を激しく叩いたが、その母親たちのいる棟のブロック長が彼女たちを連れ戻しにやってきた。母親の声のするほうに半ば眠りながら腕を伸ばす幼児の姿が脳裏に焼きついている。しかし、さらに酷《むご》いのは、子供を求める母親たちの死にもの狂いの叫び、その子供たちの泣き叫ぶ声だった。いまでもわたしは子供の泣く声を聞くたび、あのときに引き戻されて身震いをする。

食べ物もミルクもなしに、わたしたちは三夜、その幼児棟で過ごした。その間、赤ん坊たちは絶え間なく泣きつづけた。泣くのをやめるのは、死が迫っている兆しだった。

四日目の朝、扉が開いて、粉ミルクの大きな缶が一個だけ投げ込まれた。わたしがそれを取りにいくと、班長《カポ》の女が走ってきて、それをひったくろうとした。そのカポはブラチスラヴァの出身で、顔に見覚えがあった。ブシとわたしはミルクを取り返そうとして女ともみ合いになった。女はわたしたちがミルクをあきらめるまで、わたしたちを殴りつづけた。

女はわたしの目をのぞき込みながら、飢えた赤ん坊と幼児がいるバラックの中で、ミルクの缶をもぎ取った。「あんたたちはどうせ死ぬんだ」その女は言った。「あたしにはこのミルクをもらう資格がある。ここに何年もいるんだからね」

メンゲレ

アウシュヴィッツ＝ビルケナウ◆双子棟
一九四四年十一月－十二月

ヨーゼフ・メンゲレ博士の噂は、双子に関心を持つ人として耳に入っていた。ある朝、わたしとマルタは別のバラックに移された。収容所の端に建つ病院に隣接するバラックで、一見したところはほかと変わりなく、薄暗く、汚く、人がたくさん詰め込まれていた。ただし、そこにいるのは妊婦、双子、障害や先天性異常のある人たちだった。メンゲレ博士はわたしとマルタを双子だと勘違いしたようだ。アウシュヴィッツで双子であるということは生き残れる側に立つ。しかし、生き残るために多大な犠牲を払わされる。

バラックの中にサーカス一家がいた。ハンガリー人だったと記憶している。戦前はルーマニアやハンガリー、チェコスロヴァキアを街から街へと旅し、サーカスの興行で暮らしていた。一家九人のうち八人が小人症だった。メンゲレはこの一家に魅せられていた。

だが、そのバラックにいるほとんどは子供だった。わたしたちはどんなにそこで苦しめられたことか。寄る辺《べ》なく、親の庇護《ひご》もなく、この世の地獄に取り残された。

メンゲレの存在がつねにわたしたちの上にのしかかっていた。彼はわたしたちの寝台の横を歩きながら、わたしたちをじっと見た。そのまなざしはほとんど保護者のようで、皮肉なほどやさしげだったが、瞳の底には冷たさがあった。その目はまるでこう言っているようだった――〝きみたちは、わたしの玩具《おもちゃ》だ。きみたちの身にいつ何が起きるかは、すべてこのわたしが握っている。いっしょに遊ぼう。わたしにとってきみたちが用をなさなくなるまでは〟。

彼はわたしたちに残酷で非人道的な遊びを強要した。そのひとつが〝お百姓さんが奥さんを探してる〟だ。わたしたちは輪になって立ち、その周囲をメンゲレが回って、〝お百姓さん〟を選ぶ。選ばれた〝お百姓さん〟は輪の真ん中に進み出る。

「さあ、お百姓さん、奥さんを選びなさい」メンゲレはまるで学校の先生のように言った。そして、誰であろうが〝お百姓さん〟から〝奥さん〟として選ばれた者が医療実験のために連れ去られた。戻ってきた者はまずいなかった。メンゲレはそれをわたしたちに選ばせたのだ。

〝お百姓さんの奥さん〟はいったいどうなってしまうのだろうと、わたしはいつも考えていた。そしてある日、バラックの排泄用バケツの中身を下水に捨てに行くとき、ひとつの部屋の扉がわずかに開いているのに気づいた。

忍び足でその部屋に入った。部屋のあちこちに、バラックからいなくなった子供たちの、ばらばらにされた遺体があり、壊れた人形のように横たわっていた。いっしょにセレトから移送されてきた少年の遺体もあった。少年の頭と胴体のかたわらには、切り取られた手足が小山のように積みあげられていた。

わたしはその光景を十三歳のときに、この目で見たのだ。

＊

わたしたちのバラックに、ひと言もしゃべらない少年がいた。彼は一日じゅう煉瓦《れんが》ストーブの前にすわって、ゆらりゆらりと体を揺らしていた。午前四時、わたしたちが点呼と朝食——ブラック・コーヒーとひと切れのパン——のためにバラックから追い出されるときには、彼もそこから離れた。そして午後四時、やはり点呼と夜の食事——スープとは名ばかりの液体とひと切れのパン——のためにその場から離れた。しかし、それ以外のすべての時間、彼はストーブの前でゆらゆらと体を揺らしているのだ。

この少年は何者？ 誰も彼の名前を知らなかった。彼は口を開かなかった。もしかしたら、何か悲惨なものを見てしまい、口がきけなくなったのかもしれない。もしかしたら、ただ単にしゃべれないだけなのかもしれない。

わたしは少年をじっと見つめ、彼が祈りを捧げているところを、ユダヤ教のしきたりを守ってもみあげを長く伸ばし、地元の少年たちと教室《ヘデル》＊1でユダヤ教の聖典について勉強しているところを想像してみた。しかし現実として目の前にいるのは、髪を刈られ、周囲の苦悶のうめきやささやきが聞こえているのかいないのか、ただただ体を揺らしつづけている少年だった。

その少年が、どうして沈黙という長い夢から目覚めたのか、わたしにはわからない。ある日、少年はとめどなく涙を流しながら、わたしのほうに駆けてきた。それまで虚空《こくう》を見つめていた目が鋭く突き刺さるように、熱に浮かされたような輝きを帯びて、わたしを見つめた。

「ぼくの名前はシュムエル！」それは叫びに近かった。「ぼくは九歳。ぼくはもうおしまいだ。ぼくのために死者への祈り《カディイシュ》を唱えるって約束して。きょうが何曜日か、きょうが何日か、忘れないで。ぼくの名前を忘れないで。ぼくの名前はシュムエル！」

冷たい衝撃が背骨を駆け抜けた。きょうが何曜日かわからない。ましてや日付なんてわかるはずもない。わたしはきっとシュムエルのことを忘れてしまう。この少年がどんなだったか、名前がなんだったか……彼のこの目、彼が生きていたこと……そのすべてが失われて、病院のあの部屋に積みあげられた遺体の中の、どこの誰かもわからないひとりになってしまう。

わたしは目を伏せた。と同時に、自分の腕に刻まれた刺青《いれずみ》が視界に入り、はっとした。A27201——。そこに目が釘付けになった。この数字が永遠に腕から消えないこと、その動かしがたい事実に刺し貫かれた。「A27201」と、わたしは少年に言った。「これがあなたのカディシュになるから。ここにずっとあるから。消えないから」

シュムエルは神様と同胞が自分を忘れないことに満足したように、安堵したように見えた。そして彼はバラックの出口に向かって歩いていった。

A27201は、いまもわたしの前腕にある。これを見つめるたび、わたしは死んでいく自分自身のために小さな声でカディシュを唱えたシュムエル、彼と同じような無辜《むこ》なる犠牲者たちのことを思い出さずにはいられない。

＊

恐怖の直中《ただなか》にあっても、わたしたちはどうにかして生き延びたいと思っていた。わたしは毎夜、天の星を見あげて両親の導きを求め、それを希望の拠《よ》りどころとした。

同じバラックにいるお腹の大きな女性が、妊婦にだけ配給されるティースプーン一杯の砂糖を毎日わたしとマルタにくれた。わたしたちはそれで一ヵ月は生きながらえるだろうと計算した。別の妊婦はテーブルスプーン一杯の粥《かゆ》を毎日分けてくれた。わたしたちは同じように、そのおかげで生きられる日数を予測した。

あるとき、フェンスの向こうの男性収容所から一本の紙巻き煙草が投げ入れられた。マルタがそれを拾い、今度はその煙草と引き替えに別の誰かからパンを得ようとした。

わたしの靴を奪われた一件から学んだマルタは、フェンスの向こうからパンを先に投げさせ、それを受け取ると一目散に逃げた。そして、たった一本の煙草で同じことを何度も繰り返した。

ある日、いつもより早く点呼のために外に出された。雪が足首を越える高さまで積もっていた。「囚人がひとりいなくなった」と、ブロック長がわたしたちに告げた。「そいつが見つかるまで、おまえたちは雪の中で待つんだ」

こうして、わたしたちは三日三晩、外に立たされた。

やがて逃げた少女が発見され、わたしたちの前に引きずり出された。しかし、わたしたちが雪の中で苦しむ原因をつくったその少女に、わたしは怒りを感じなかった。彼女の痛みはわたしの痛みであり、わたしの痛みは彼女の痛みだった。彼女は痩せ細り、怯《おび》えきっていた。わたしたちは彼女が絞首刑にされる現場に立ち合わされた。すべてが終わったとき、わたしは天を仰いだ。

そして、ふとマルタに目を移すと、妹の顔が死人のような土気色《つちけいろ》に変わっていた。

わたしは引きずるようにしてマルタをバラックに運び入れ、休ませるために横にした。そのとき初めて、妹の足の爪がすべて剝がれ落ちているのに気づいた。


1＊ユダヤ教の基礎を教えるコミュニティの学校。五歳から十三歳ぐらいまでの男子を対象とし、第二次大戦頃までの東ヨーロッパに広く存在した。

病院

アウシュヴィッツ=ビルケナウ
一九四四年十二月-一九四五年一月

その数日後、メンゲレ博士がマルタを呼び出した。妹がバラックから連れ去られるとき、わたしは悲鳴をあげ、泣き叫んだ。自分が無力で、誰も助けてくれないことに打ちひしがれた。しかしほどなく、マルタは戻ってきた。

「何をされたの?」わたしはマルタの両手をつかんで尋ねた。

「注射を打たれた」と、妹は言った。「何を打たれたかわかんない。でも、眠れないの。お腹が引きつるように痛いの。ものすごく痛い」

そして、メンゲレから次に呼び出されたのが、わたしだった。それは雪の降る日で、大きすぎる木靴を履いて病院に向かった。その道すがら神に祈りつづけた。昼間だったので、星々を通して両親に話しかけることもできなかった。

病院に着くと、狭い寝台をあてがわれ、それをギリシャ人の少女と分け合って使うことになった。おそらくは意図的にこの組み合わせにされたのだろうが、わたしたちは意思の疎通がはかれず、ただ脚を触れ合わせながら横たわり、黙ったまま見つめ合った。そのあと、誰もがぜったいに見たくないと思うはずのものを、わたしたちはいっしょに見ることになる。

わたしたちは、ひと組の双子が血を抜き取られて死んでいくのを見た。双子の血は妊娠させられた健康な少女に輸血された。

わたしたちは、ひとりの妊婦が真夜中に出産するのを見た。その人は声をあげることもなく自力で赤ん坊を産んだ。しばらく赤ん坊を腕に抱いたあと、赤ん坊を寝台に置き、へその緒を断ち切って、逃げた。朝になり、寝台から囚人が消えて赤ん坊が残されているのを知ったメンゲレは、怒声をあげて捜索隊を送り出すよう命令した。そして、赤ん坊を注射で薬殺し、遺体を放り投げた。

わたしたちは、外科手術から戻ってきた少年を見た。少年の腹部には大きな縫い痕があった。彼は口もきけず、朦朧《もうろう》としたまま寝台にすわっていた。そして突然、手術の傷口が割れ、内臓が床にこぼれ始めた。

こういった人間が見てはならないものを、わたしたちはいっしょに見た——それについて言葉を交わすこともできず、ただ黙って、茫然と。

＊

ある日、看守がわたしたちの病室に入ってきて、わたしの囚人番号を呼んだ。ついに、わたしの番がまわってきたのだ。

わたしはギリシャ人の少女を見つめ、彼女もわたしを見つめ返した。そして、わたしが寝台から連れ去られようとする一瞬、彼女の手が伸びて、わたしを引き寄せた。「シャローム*1」と、彼女が言った。それは彼女にとって、わたしへの〝さよなら〟であり、〝生き延びて〟であり、伝えきれないすべてであったと思う。

やがて、囚人の助手たちに押さえつけられて身動きできないわたしの前に、メンゲレ博士があらわれた。「左腕を出しなさい」と彼はわたしに命令した。わたしはそのまま死にたくなかったので、自分を押さえつける手から逃れようともがいた。でも結局、さらに多くの手に押さえつけられて屈服した。

メンゲレが注射針を持って近づき、わたしの腕にその針を刺した。目眩《めまい》に襲われた。わたしの腕から血液が管を通ってガラス瓶に落ちていく。濃い赤い色をした血が四つのガラス瓶を満たすと、メンゲレはわたしの腕から針を抜き取り、歩み去った。わたしはもといた病室まで歩かされた。体に力が入らず、吐き気がした。這いずるようにして、ギリシャ人の少女のいる寝台に戻り、横たわった。

それから数日間、わたしはマルタと同じように、たくさんの注射を打たれた。その注射がなんだったのか、わたしたちにはわからない。でもそれ以来、わたしとマルタは慢性的に下腹部に痛みを覚えるようになった。その後の人生で、マルタもわたしも何度か流産を経験した。そして、一度として自分の産んだ子供に母乳を与えられなかった。

＊

わたしたちのバラックに、ひと組の母子がいた。その母子はユダヤ人ではなかったので、赤十字社*2から送られてくる小包を特別に与えられていた。小包には鰯《いわし》の缶詰をはじめ多くの食べ物が入っていた。母子は鰯を一匹食べるたびに、しっぽを天井に投げつけ、しっぽは天井に張りついた。夜を待って、わたしは窓枠によじのぼり、天井のしっぽを剝がして食べた。気がおかしくなりそうなほど鰯の味わいに飢えていた。

数日後、幼い息子が息を引き取り、母親は声をあげて泣いた。ユダヤ人ではないため、母親にはささやかな葬儀を執り行い、息子の死を嘆き悲しむことが許された。亡骸《なきがら》は色付きの紙にくるまれ、火葬された。わたしは人として大切に弔われたその子を妬《ねた》ましくさえ思った。

＊

ある朝、病棟で目覚めたわたしたちに、白いシーツと新しい囚人服が配られた。すべて清潔で、消毒済みだった。何がなんだかわからなかった。午後になって、赤十字社の査察団がバラックに入ってきた。彼らは無表情で、まるで博物館の陳列物か何かを見るように、わたしたちを遠巻きに眺めた。

同じ病棟の、わたしと同じエヴァという名の女性がベッドから起き上がり、叫んだ。「ここは絶滅収容所なのよ！　このバラックはただの見せかけ！　ほかのバラックも見るといいわ。ガス室も見てごらんなさい」

「この女は気が触れています」査察団を案内しているSS将校が言った。「こいつを運び出せ」

赤十字社の人々は何事もなかったかのように彼女の叫びを無視した。どんな質問も彼らの口から出てこなかった――彼女についても、わたしたちについても。そして、その勇気ある告発をした女性は、翌日、公開で絞首刑にされた。

＊

子供棟にいる間、ナチス・ドイツが戦争に負けたあとのわたしたちの未来について、みんなでよく話をした。それが悪夢のような現実の中に射《さ》す、ひとすじの希望の光になった。

毎日が、立ちすくむしかないようなことばかりだった。一日生きれば新たな残虐に出会い、そうでなければ、死が待っていた。まさに地獄だ。それでも、わたしが自分の未来について決意を固めたのも、この病棟にいるときだった。「もし、ここから生きて出られたら」と、わたしは仲間のひとりに話した。「わたしは大きな家族をつくる。そして、壊されてしまったわたしたちにとって大切なものを、もう一度つくり直すの」

食べ物のこと、家族のこと——子供たちはそういったことをのべつまくなしにしゃべりながら夢物語をこしらえた。ここにいる子の両親は王様と女王様、みんな本当はお金持ちで幸せに暮らしている。こんなふうにいつも空想の翼を広げた。それが新たな苦痛に、新たな一日に立ち向かう助けになった。

みんなで〝解放の歌〟をつくり、夜の闇の中、寒さに凍え、ひもじさに耐えながら、声を潜めて歌った——「ハティクヴァ*3」のメロディに乗せて。

元気を出そう、朗らかに行こう、ユダヤのりっぱな働き手たちよ
こんな悪い夢は、もうすぐ終わる
大きな節目の日がやってくる
そのときユダヤ人の苦しみが永遠に終わる

わたしたちはすてきな我が家に戻る
長く抱き合えなかった親の腕の中に
きれいな服がいっぱい

おもちゃもいっぱい
もう二度とひどい目に遭《あ》うことはないでしょう

1＊ヘブライ語で〝平和〟を意味する、ユダヤ人の挨拶のひとつ。別れの言葉。

2＊戦争や大規模な事故や災害に際して、敵味方の区別なく中立の立場から人道的支援を行うことを目的とした国際組織。一八六三年、スイス人実業家アンリ・デュナンによって設立された。

3＊ユダヤ人の国家建設運動を称揚するシオニズム讃美歌として生まれ、のちにイスラエル国歌となった。ヘブライ語で〝希望〟を意味する。

敗北の音

アウシュヴィッツ＝ビルケナウ
一九四五年一月下旬

この頃から、収容所の近辺に繰り返し爆弾が落とされるようになった。その爆撃音は、わたしたちにとっては解放を、SSにとっては敗北を予告する音だった。彼らは避けられない敗北が間近に迫っていることを悟ったにちがいない。まさしく歴史の変わり目だった。しかし、ナチス・ドイツは、わたしたちが自由になることも、生き延びることも認めようとはしなかった。そして、撤退が始まった。

真冬のさなか、わたしたちは各バラックを結ぶ広い道に並ばされた。最後の〝選別〟を受けるために、そこまで歩いていかなければならなかった。強制収容所は以前とは様変わりしていた。慌ただしく走る人、怒声を張りあげる人で溢れ、まさに混沌の坩堝《るつぼ》だ。

列の先にひとりの医師がいた。「体力のある者は撤退しろ」と、彼はわたしたちに言った。「病人は残れ」

その頃のわたしの体は、腸チフスと赤痢と結核とで衰弱しきっていた。栄養失調のうえに過酷な扱いを受け、体力などからきし残っていなかった。わたしは〝選別〟を担当するSS隊員の横を歩いて通り過ぎた。

「おまえは残れ」とそのSS隊員から命じられた。

残ることは死ぬことだと、そのときはっと気づいた。生き延びる者を彼らがどうしてあとに残すだろうか。彼らの邪悪さは、それまでもさんざん思い知らされてきた。撤退することになったからといって、それが変わるだろうか。SSは病人を一掃したがっている。わたしたちのうちのひとりすら生かしたくないと考えている。生き延びて、ここで起きたことを証言されては困るからだ。わたしは、自由まであと一歩というところで降参したくなかった。

そこで、ふたたび〝選別〟の列に加わった。SS隊員にじろじろと見られたが、今度ばかりは精いっぱい胸を張り、両目を見開いた。

「おまえは進め」と、SS隊員が言うのを聞いた。

＊

進むとは収容所を離れることであり、つまりは自由に向かう行進だった。でも、結局、わたしにはそれをやり遂げるだけの体力がなかった。マルタが〝選別〟の列にいるのを見つけ、彼女の手を引いて病院に戻った。混乱のさなか、幾人かの子供たちもあとをついてきた。子供たちはとどまることを選んだわけでもなく、立ち去ることを選んだわけでもなく、選ぶ力すらも尽き果てていた。

SSが病院に火を放ち、たちまち燃え広がった。中にいたわたしたちは外に飛び出たものの、建物を焼く炎と電気柵の間にはさまれてしまった。しかし奇跡的にも驟雨《しゅうう》が降り注ぎ、火事を消し止めた。そして初めて、この強制収容所が異様なほどの沈黙に包まれた。

わたしたちは自由になった。しかし、それは極度の不安を伴う自由だ。これからは思いどおりに動けるはずなのに、動けない。何をすればいいのかわからない。

わたしたちはとにかく飢えていたので、多くの人は食品庫に行って食べ始めたが、わたしにはそうする体力すら残っていなかった。わたしとマルタはバラックに戻って眠った。翌朝、わたしたちが見たのは、空腹に食べ物を詰め込みすぎて死んだ人たちの遺体だった。

＊

そして三日後、SS隊員たちが戻ってくるのを見て、わたしたちは震撼《しんかん》した。ふたたび整列するように命じられたが、今回、〝選別〟はなかった。つまり、歩かなければ、撃たれて死ぬしかない。わたしたちは歩き始めた。わたしはマルタの手をぎゅっと握った。マルタがわたしのすべて、わたしがマルタのすべてだった。マルタがよろめくとわたしが支え、わたしがよろめくとマルタが支えた。

わたしたちは一歩一歩、いっしょに歩を進めた。SSが「進め！」と叫ぶ。わたしたちは進んだ。SSが「走れ！」と叫ぶ。わたしたちは走った。周りの人々が疲労困憊《こんぱい》になってばたばたと倒れた。倒れた者は撃たれた。わたしとマルタは、SS隊員に目をつけられるのを避けるため、なるべく隊列の真ん中を歩くようにした。

何キロか歩いて、アウシュヴィッツの別の収容区域にたどり着くや、わたしたちはすぐに二階建ての建物に逃げ込んだ。それはまさに歴史的な瞬間だった。雪に紛れる白い迷彩の軍服を着たソ連兵たちがSSと白兵戦を繰り広げていた。いたるところで銃声が響き、手りゅう弾が炸裂した。SSはソ連兵に数で及ばず、追い詰められ、ついに両手をあげて降伏した。

「もう出てきてもいいぞ」ソ連兵が叫び、わたしたちはおそるおそるバラックを出た。わたしたちをさんざん苦しめたSS隊員たちが、まだ両手をあげたまま、雪の積もる戸外に並ばされていた。「この連中のことは、きみらの好きにしろ」と、ソ連兵は言った。

わたしたちを閉じ込め、殴り、いたぶり、わたしたちの家族を殺し、わたしたちから人間としての尊厳と希望を奪った男たちが——子供にすら慈悲をかけなかった男たちが、いまや慈悲を請い、雪の中でぶるぶると震えている。しかし、誰ひとり彼らに手を下さなかった。呪詛《じゅそ》のささやきすらも聞こえなかった。

わたしたちはまだ怯《おび》えていたのだろうか。もうこれ以上、人の死を見たくなかったのだろうか。もしかしたら、そうなのかもしれない。しかし雪の中に立ち、突然、自由の身となったわたししたちには、むしろ、その男たちのことが見えていなかった。わたしたちの前にあるのは、底も果てもない空虚だった。体にも、魂にも、何も詰まっていなかった。

ソ連兵たちが無言でわたしたちの間を歩きまわった。彼らがわたしたちを見る目には、同情ではなく、信じられないものを見てしまったという恐怖が浮かんでいた。

待つ人もなく

アウシュヴィッツ
一九四五年一月二十七日

アウシュヴィッツを解放したのち、ソ連軍は同じ場所に病院を設営した。元囚人は全員がそこで医療検査を受けるようにと言い渡された。軍医が、わたしを一瞥《いちべつ》しただけで、ただちに輸血が受けられるように手配してくれた。

その病院で、わたしは消毒液を混ぜた水を張った大きなたらいに入れられ、体をこすり洗いされた。そして——そのときは恐怖に震えたが——またも髪を刈られた。病院は患者で溢れていた。大勢の人が苦痛にうめき、悲鳴をあげていた。抗うことも、声を発することもできず、死んでいく人たちもいた。

わたしは仲間とともに解放される日をずっと夢見てきた。わたしたち子供は、両親が玩具と甘いお菓子を携えて待っていてくれるところを想像していた。でも、誰もわたしたちを待っていなかった。両親も、祖父母も、おじさんも、おばさんも……。もちろん、お菓子も玩具もなかった。わたしは自由になったのに、自分が自由だとは感じなかった。虚《むな》しいばかりで、途方に暮れた。

ソ連軍の病院での数週間が過ぎた。その間のことについて語るべきことはあまりない。マルタとわたしは、中身が空《から》っぽの、ただ生きているだけの弱い人間になった。なんとか生にしがみついていた。いまも憶えているのは、傷が化膿した皮膚がむしょうに痒《かゆ》かったこと。わたしは汚い爪で痒いところを掻きむしっていた。

わたしたちふたりだけで

アウシュヴィッツ
一九四五年三月下旬

初春のあるとき、わたしはソ連軍が子供たちを自国に連れていく計画を立てているという噂を耳にした。翌日早朝、マルタといっしょに、こっそりと病院を抜け出した。アウシュヴィッツの門を早足でくぐり抜けると、そこから先にはポーランドの田舎のやわらかな春の大気が待っていた。刈られた頭を風がやさしく撫でた。その瞬間、胸の底から解放感が、そして希望が込みあげてくるのを感じた。

わたしは、自分が生き延びた悪夢を振り返った。いくつもの塔があり、塀と柵があり、窓々に顔が見えた。それが幾千もの骸骨となって、すべての目がわたしを見つめているような気がした。「置いていかないで」と骸骨たちが叫んでいる。

大きすぎる木靴を履き、囚人服を着たマルタが、目の前をとぼとぼと歩いていた。まだ悪夢に囚われたままの、多くの哀れな魂をあとに残していくことへの罪悪感を重い荷のように背負って、わたしは妹のあとを追った。

わたしたちはひたすら歩いた。アウシュヴィッツから逃れられるなら、行き先はどこでも良かった。できるだけ早く、できるだけ遠くへ――。歩いては休み、また歩いた。夜が訪れると、わたしたちはともに祈った。〝神様、わたしたちを導いてください。わたしたちを助けてください。わたしたちを道案内してください。わたしたちはふたりきりです。自分たちがどこにいるかもわかりません〟

空を仰ぎ、星々を見つめた。強制収容所にいるときも、最後にパパと話したときのことを思い出しながら毎晩、星々を見あげた。あの暗黒の日々の中にあっても、星々が正気を保たせてくれた。わたしに家族を、その暖かさと庇護《ひご》を思い出させてくれた。しかしあの夜、ポーランドの山々で迷子になったとき、天の星々はただの星だった。冷ややかで、よそよそしく、なんの慰めもくれなかった。ひょっとして、パパが死んでしまったんじゃないかという思いが胸をかすめ、パニックに陥った。

遠くに線路が見えた。わたしたちはそこまで歩き、線路に沿って進んだ。月明かりのおかげで、少し前方に一輌の貨車が捨て置かれているのが見えた。ゆっくり近づいてみると、中はからっぽだった。疲れ果てていたわたしたちは、貨車によじのぼり、温もりを求めて身を寄せ合い、眠りに落ちた。

深夜、ふいに眠りを覚まされ、驚愕した。貨車の開いた扉からソ連兵たちがライフルでわたしたちを狙っていた。体が麻痺したように動けなかった。兵士のひとりが懐中電灯を点《つ》けた。すぐにわたしたちが少女であると気づいたようだ。彼らは銃口をおろしてほほえみ、やさしい声で話しかけ、わたしたちを抱きしめ、パンと飴《あめ》をくれた。

「女の子がふたり、こんなところで何をしている？」部隊長が尋ねた。

「アウシュヴィッツから生きて出てきました」と、わたしは答えた。「ブラチスラヴァになんとかして戻りたいのに、道に迷ってしまって……」

「ブラチスラヴァは遠いよ。わたしたちが行けるところまで連れていってあげよう。そこできみたちを降ろすから、あとは軍のトラックをヒッチハイクすればいい。どれもこれも東に向かっているから」彼はトラックにわたしたちを導き、荷台に押し上げてくれた。

「持っていきなさい」稀少なウオッカの瓶を差し出し、彼はつづけた。「これがあれば、次のトラックもきみたちを乗せてくれるだろう。だが、それを頼む役目は妹にまかせなさい。少しでも小さいほうが憐《あわ》れを誘う」

わたしたちを乗せたソ連軍のトラックは真夜中の道を何時間も走りつづけた。やがて空が夜明けの淡いピンク色に染まり始める頃、道の分岐点でトラックは停まり、わたしたちは降ろされた。

「幸運を祈る！」走り去るトラックから兵士たちが叫んだ。

＊

ポーランドの山間《やまあい》のどこかで、またしてもマルタとわたしのふたりきりになった。わたしたちは立ち止まることなく歩きつづけ、そのうち日が暮れた。

「どこか寝場所を探そうよ。木の下で眠れるといいね」わたしは言った。

マルタが遠くの明かりを見つけて指差した。一軒の農家のようだった。

明かりに向かって進み、最後はそろりそろりと近づき、家の扉を叩いた。扉口に出てきたのは、ポーランド人のたくましい腕を持つ農夫だった。わたしはもじもじと下を向いたまま言った。

「すみませんが、今夜、家畜小屋に泊めてもらえませんか？　家に帰る途中で、ほかに行くところがないんです。もしご親切に甘えることができるなら、何か食べるものを少し……」

とても親切な人だった。大きなグラス一杯のミルクと自家製のパンのひと切れをわたしたちそれぞれに与え、わたしたちがパンにむさぼりつくのを満足そうに眺めたあと、家畜小屋まで案内してくれた。

その夜、わたしは気持ちが落ちつかず、眠れなかった。闇の中からマルタがわたしの名を小さな声で呼んだ。

「どうしたの、マルタ？」

「眠れない」マルタが声を潜めて言う。「牛が怖くて」

「わたしもよ」実はわたしも牛が怖かった。

曙光《しょこう》が射《さ》す頃、わたしとマルタは家畜小屋をあとにし、また旅をつづけた。農家のさらに向こうに山の中を曲がりくねって進む道路が見えたので、それを目指して歩いた。

道路にたどり着くと、わたしたちのほうに大勢のソ連兵を乗せた一台のトラックが近づいてくるのが見えた。「行って、マルタ」とわたしは妹に言った。「あの人たちにウオッカを見せて」

マルタは路肩《ろかた》に立ち、ウオッカの瓶を頭上に掲げた。トラックが停まり、わたしたちは荷台に引き上げられた。マルタがウオッカの瓶を差し出したが、兵士たちは誰も受け取ろうとしなかった。彼らは憐れみの目でわたしたちを見つめた。少女が保護者もなく、こんな状態に置かれていることに胸がつぶれる思いを味わっていたのではないだろうか。

トラックで数時間走ったのち、兵士たちがもうこれ以上、わたしたちの目指す方向には進めないと言った。わたしとマルタはトラックから降りて、山を抜けていく九十九折《つづらお》りの道をまた歩き始めた。道の両脇にはそびえ立つ針葉樹の林があった。しばらくすると、わたしたちはまた道に迷ってしまった。

どれだけ歩いても、旅人もいなければ兵士もいなかった。わたしたちと針葉樹林と、同じリズムを刻む木靴の足音だけ。やがて、はるか先に白いワゴンを押してこちらに近づいてくる人影が見えた。

わたしは足を止め、マルタの腕をつかんだ。ワゴンを押しているのは、いったいどんな人なのだろう。さらに距離が縮まり、その姿がはっきりと見えた。背が低くて太った男で、白い帽子と白い上着を粋に着こなしていた。彼の押すワゴンの中には、あらゆるフレーバーのアイスクリームが入っていた。

父方の祖父母、じいじとばあば、1900年代初頭

母方の祖父、レオポルト・ケルペル

ブラチスラヴァのミハルスカー・ブラーナにあった家業の生地屋、ヴァイス兄弟商会

結婚式の日の両親、オイゲンとマルガレート・ヴァイス

ダーヴィット伯父さんとフリーダ伯母さんの子供、
わたしのいとこたち。
ガブリエル、ルティ、ミリアム、エルンスト

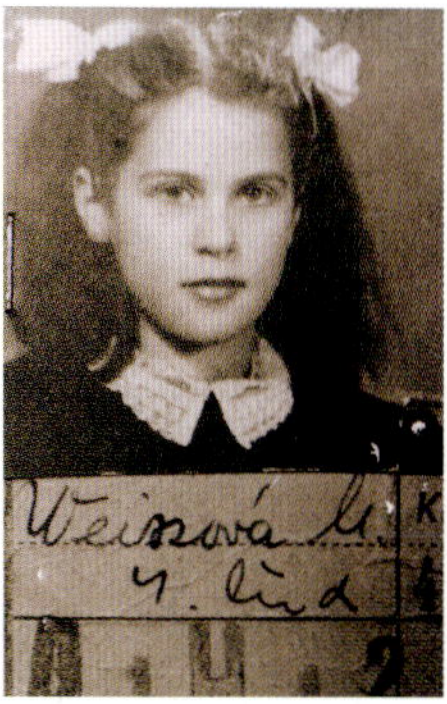

わたしの美しいいとこ、
ミリアム

左から制服を着たクルティ、
わたし、ノエミと、マルタ

シャム叔父さんと
ディナ叔母さんの子供、
わたしのいとこたち。
エフライム、モシェ、イトル、
ギトル

タトラ山地のリュボフニャにて、他家の子供や子守りといっしょに。
後列右端に我が家の子守りのマリア・ヴォルシュラガー。
前列中央にクルティ、そこから右へ、マルタ、わたし、ノエミ

マリア・ヴォルシュラガーといとこたちとママの姉アランカ。右手に立っているのがわたし。
赤ん坊のユーディトがマリアの膝の上にいる

ニトラに発つ前のわたしと、
ルート、レナータ。
わたしはこのとき12歳だった

ブラチスラヴァの駅にて、
ハンガリーに向かう直前の
幼い妹ユーディト。
このときが
ユーディトを見た最後になった

父が身につけていた
黄色い星

［左頁上］
アウシュヴィッツが解放されたとき、
ソ連兵によって撮影された
フィルム映像からのひとコマ。
右から5番目でスカーフをかぶっているのがわたし、
マルタがわたしの右手にいる

アウシュヴィッツ解放60周年に、
当時子供だった生還者たちとアウシュヴィッツを再訪した。
左上の写真をおおよその感じで再現しているところ

戦後のブラチスラヴァで。後列にママ、わたし、ノエミ。
前列にロザンナ、レナータ、ハンナ、ルート

オーストラリアにて、
息子マルコムのバル・ミツヴァの日に。
左からエドウィン、シャローナ、ダニエル、
ベン、アヴィヴァ、わたし、マルコム

オーストラリアで家族とともに

ヴァイス家のセフェル・トーラーを持つ
夫のベン・スローニム。
メルボルンのミズラヒ教会堂にて

わたしの70歳の誕生日にベンと

「こんにちは、お嬢ちゃんたち」その人は快活な声をあげると、わたしたちを上から下までじろじろと眺めた。

わたしたちは驚きに打たれて、口がきけずにいた。「きみたち、アイスクリームはどう？　どんなフレーバーが好きかな。お代はいらないよ」

信じられない思いで、わたしとマルタは見つめ合った。強制収容所で水のようなコーヒーと硬いパンだけの数ヵ月を過ごしたあと、アイスクリームが食べられるなんて、夢のようだった。わたしたちは喉が渇き、脂肪と糖分に飢えていた。しかしそのとき、わたしたちがかつて生きていた人生からの教訓が頭を通り過ぎた。ふたり同時にパパの声を聞いたような気がした。「アイスクリームを食べちゃだめだ。体に悪いからね」その警告が厳然と、頭の中で鳴り響いた。それまでの数ヵ月間、幾度となくわたしたちを導いてくれた声だった。それに逆らうことはできなかった。

わたしたちはアイスクリームを食べさせてくれるという男の申し出を断り、彼とは逆の方向へ歩きつづけた。

ひたすらに歩く日々

ポーランドのどこか
一九四五年春

ヒッチハイクの日々は、思い出そうとしても、朦朧《もうろう》としたかすみの中にある。とにかく、わたしとマルタはある日、ワルシャワにいた。街の通りには戦争を生き延びた人たちが溢れ、家族を捜していた。誰もがわたしやマルタのように痩せ細り、わたしたちと同じように空《から》っぽ――空腹で一文無しだった。生き残った者はソ連軍が運営する難民救済本部へ行くように指示された。

わたしは有頂天になった。これでやっと旅が終わる。あとは本部に行って、登録するだけでいい。そのときはそう考えた。きっとそこの人たちに家族のもとへ送り届けてもらえるだろう。わたしとマルタは逸《はや》る気持ちでおしゃべりしながら難民救済本部に向かった。

その道すがら、知り合いに遭遇した。ブラチスラヴァで両親と親交のあったコーン氏だった。最後に会ったのは、セレトからアウシュヴィッツへ送られる家畜用貨車の中で、そのときはコーン家の全員がいた。目の前にいるコーン氏は痩せ衰えていた。彼と奥さんだけが生き残り、子供たちはみんな死んでしまったと聞いた。

わたし自身がコーン氏と親しくしていたわけではないが、こうしてお互いに生き延びて再会できたことが奇跡のように思えた。

「どこへ行くのかね、エヴァ?」彼が尋ねた。

「難民救済本部に行くんです」

コーン氏はわたしの両肩をつかんで言った。「だめだ、行っちゃいけない! 孤児がどこに送られるか、きみは知らないだろう? ソ連だよ。行くのはやめなさい。このまま歩いて故郷に戻るんだ。手遅れにならないうちに、ワルシャワを出たまえ」

わたしとマルタはコーン氏の忠告に従い、その夜はワルシャワで安全に眠れる場所を探した。街は荒廃しきっていた。すでに人がいっぱいだが眠るのに手頃な貨車を見つけた。中にいるのは身につけた囚人服から強制収容所を生き延びた人々だとわかった。

わたしとマルタは貨車によじのぼった。そこには生還者たちが身を寄せ合い、丸められた敷物のようにもたれ合っていた。誰もかれもがりがりに痩せていた。マルタといっしょに休めそうな片隅に腰をおろし、足を休めようと木靴を脱いだ途端に眠りに落ちた。

翌朝、目覚めたわたしは木靴に手を伸ばし、足もとに引き寄せた。そして片足を突っ込んだ瞬間、異様な何かをつぶす感触にぎょっとした。誰かが——おそらくは隣にいた老人だろうが——夜のうちによりによってわたしの木靴に排泄していた。足が汚物まみれになり、恐怖と嫌悪感で悲鳴をあげた。

貨車の中にいた人々が一斉にわたしを怒鳴りつけた。「とんでもないやつだな! なんで靴の中なんかにやった？」かまびすしい非難を、老人だけが黙って聞いていた。

これをきっかけに、不浄《ふじょう》から逃れることがわたしの最優先事項になった。服の汚れも、体の汚れも、にわかに我慢できない苦痛になった。わたし自身を洗い浄《きよ》めなければ、わたしにくっついてくるあらゆるものを洗い落とさなければ――。それから一週間ほど、わたしは自分を浄化することしか考えられなくなった。

＊

ワルシャワを出て一週間、徒歩とヒッチハイクをつづけた。食べ物を通りすがりの人に乞うて飢えをしのいだ。その間のことについて、語るべきことはあまりない。わたしの心も魂もどこかほかの場所にあった。わたしの二本の足がわたしを前に運んでいた。そしてついに、ポーランドとスロヴァキアの国境の町に着いた。わたしはマルタのほうを見て言った。「体を洗える場所を探そうよ。早く体と服を洗わなくちゃ」

ふいに、鋭い銃声と悲鳴が通りの先から聞こえた。いまも囚人服姿の強制収容所からの生還者たちが走ってきた。「虐殺《ポグロム》！＊1」と叫ぶ声が聞こえた。

わたしは目眩を覚え、気を失いそうになって街灯にもたれかかった。この瞬間、わたしは絶望の奈落を見た。憎しみと暴力と殺戮《さつりく》は、生涯にわたってわたしにつきまとうのだろうと感じた。

避難所なんかない、永遠に逃げつづけなければならないのだ、と。

突然、わたしはマルタとともに軍のトラックに引き上げられた。ユダヤ人兵士たちの部隊だった。わたしたちが乗り込むと、トラックは走り始めた。

1＊帝政ロシア時代に始まるユダヤ人に対する殺戮、掠奪などの集団的迫害行為。

ここではないどこかへ

スロヴァキア◆ポプラト
一九四五年春

とうとう、スロヴァキアのポプラトまでたどり着いた。いつ頃どうやってそこに着いたのか、正確には憶えていない。頭が混乱していたし、すべてにおいて衰えていた。両親のいる家に帰りたくてたまらなかったが、両親が生きているかどうかもわからなかった。この当時のわたしの記憶は、極度の不安によって切れぎれになっている。

ポプラトには〝難民保護センター〟があった。行ってみると、その施設にいる大半は家族連れやおとなの生還者たちで、保護者のいない子供はわたしとマルタだけだった。おとなたちはわたしたちを助けてくれなかった。自分たちの人生を立て直すことに、愛する人を捜すことに、故郷にたどり着くことに精いっぱいで、家族を捜す少女たちを助ける余裕などなかったのだ。誰もが誰かを捜し、誰もが苦労していた。

難民保護センターでは絶滅収容所からの生還者に一律のお金を渡していた。一週間につき百コルナで、おとなたちといっしょに配給の列に並ぶと、わたしにも同額の現金が渡された。かつてそんな大金を手にしたことはなかった。

わたしとマルタは外に出ると、それぞれが受け取ったひと財産を見せ合った。「なんてお金持ちなの！」と、わたしは叫んだ。「欲しいものはなんだって手に入る！」わたしたちは抱き合い、路上でダンスを踊った。

ポーランドの山間部をひたすら歩きつづけているとき、わたしとマルタはほとんど無言だった。それでも口を開くと、食べ物の話ばかりした。とりわけ卵が食べたくてしかたなかった。つまり、欲しいものはすでに決まっていた。卵をおいてほかにない。

手に手をとって、食品店に行った。

「卵はいくらですか？」所持金のすべてを握りしめて、わたしは店主に尋ねた。

「一個が十コルナだよ」

「十個ください」わたしは嬉々《きき》として答え、一週間分の給付金を差し出した。マルタも同様に十個の卵を買った。

わたしたちは急いで難民保護センターに戻り、この戦利品を茹《ゆ》でる鍋とこんろを見つけた。わたしたちは口が耳まで裂けそうなほどにやにやしながら二十個の卵を茹でた。とにかくすぐにおいしい卵を口にしたかった。

そして数分後には、痩せた細い指が火傷《やけど》するのもかまわず、茹であがった卵の殻を慌ただしく剝《む》いていた。わたしとマルタは床にあぐらをかき、ひたすら卵を食べた。ひと言も発せず、次から次へ、休むことなく――。

最初の数個はとろりとして栄養たっぷりで、たまらなく美味だった。八個目あたりから気持ちが悪くなってきたが、食べきる以外の選択を思いつかなかった。パンひと切れのために殺し合いをしかねない人たちを見てきた。飢えた幼児にミルクを与えようとして、おとなから殴られたこともあった。胸のむかつきと闘いながら、わたしたちは最後の一個までむさぼり尽くした。あれはけっして楽しい経験ではなかった。わたしたちにはもう楽しむ余力さえ残っていないような気持ちにさせられた。

＊

不快感から抜け出すのに数日間を要した。なんとかお腹の卵を消化しきると、ふたたび飢餓《きが》感に襲われた。しかし、わたしたちは全財産を使い果たしていた。そこで食べ物を求めて近くの村まで歩いていった。何軒かの農家のドアを叩き、パンを乞うた。農家の人々はたいていは寛大で、パンとミルクをくれた。

街の集合住宅のドアをいちかばちかでノックしたこともある。街の人々は自分のことにかかりきりで、わたしたちに時間を割《さ》きたがらず、ましてや食べ物をくれる可能性は低かった。

ある午後、わたしとマルタは疲れ果て、ポプラトでもっとも瀟洒《しょうしゃ》なアパートメントが並ぶ通りを歩いていた。わたしはそういった建物を妬《ねた》ましく――いや、惨《みじ》めな気持ちで見あげた。かつてパリサーディ六〇での暮らしがどんなに快適だったかを思い出してしまうからだった。

マルタが、あるアパートメントのひと部屋のドアに近づき、ノックした。ドアが開き、若い男が「なんの用だい？」と、冷ややかに尋ねた。そのブロンドで長身の青年に、わたしは見覚えがあった。中をのぞくと、ほかにも三人の若者がいた。もうひとりの青年もブロンドで、あとのふたりは美しい娘。三人はテーブルを囲んで、カードゲームをしていた。テーブルの上に果物とチョコレートを盛った鉢がある。勝手に唾《つば》が湧きあがってきた。果物とチョコレート！

わたしはドア口に立つ青年に視線を戻した。そう、この人をよく知っている。彼の目つきが変わり、向こうもわたしのことを思い出そうとしているのがわかった。

「どこかで会ったことがあるかな？」彼が尋ねた。

その声が初めて彼と出会った場所に一気にわたしを引き戻した。そう、この人は、クラリスカー通りの家にいた頃、わたしの両親に恋人を匿ってくれるように頼んだ青年、ロートシュタイン兄弟の兄のほうだ。彼らは生きていたのだ。

「ええ、会ってるわ！」わたしは声を張りあげた。「わたしはエヴァ・ヴァイス。わたしの両親が、あなたの恋人のユーディトといとこを匿ったの。あの人たちも、きっとわたしのことを憶えてるはずよ！」

わたしはいそいそと、その部屋に足を踏み入れた。ついによく知る人たちに取り囲まれるかと思うと、うれしくてたまらなかった。彼らが両親のことを何か教えてくれるかもしれないと期待した。けれども、彼らがわたしに注ぐ目には親しみも感謝もなかった。かつて彼らを匿ったとき、その糞尿をクラリスカー通りの下水まで捨てにいったのは、このわたしだというのに……。彼らは疎《うと》ましげにわたしたちを見た。きっと、彼らの中の何かが変わってしまったのだ。

彼らと少しだけ話したが、わたしはチョコレートと果物に何度も気を散らされた。お菓子の甘い匂いが漂ってきた。しかし、ロートシュタイン兄弟はわたしたちに何も勧めてくれなかった。わたしの両親が兄の恋人といとこを躊躇《ちゆうちよ》なく引き受けて命を救ったことなど忘れてしまったかのように、会話は冷ややかだった。彼らは食べ物を買うためのわずかなお金すらくれなかった。必ず返すからと誓って借金を申し込んだが、それも受け入れられず、がっかりして部屋をあとにした。

わたしとマルタは押し黙って通りを歩いた。拒絶され、ひもじく、頼る人もない。ふいに、背後からわたしを呼ぶ声がした。

「エヴァ！　待って！」

振り返ると、ユーディトが駆け寄ってくるのが見えた。きっと、拒絶したことでわたしたちが傷ついたのをわかってくれたのだ。

「エヴァ」と、彼女が話しかけた。「ごめんね、お金は貸せないの。でも、別の方法で助けてあげられる。あなたたちのひとりなら、うちに泊まってもいいわ。安全だし、食べ物もあるし」

「わたしたちのうちのひとり？」わたしは尋ねた。

「小さな部屋なのよ」ユーディトが弁解する。「ふたりは無理。余裕がないの。ごめんなさい、わかってよ」

わたしは腹立たしく、裏切られた気持ちがした。でも、これがまたとないチャンスであることも確かだ。

「わかってるわ」と答えた。「じゃあ、マルタをお願い。面倒を見てやって」

ユーディトはそれ以上何も話さず、マルタの手を引いて部屋へ――チョコレートと果物のある部屋へ向かった。わたしはひとりで部屋とは反対方向に歩き出した。

わたしは、〝ユダヤ合同配分委員会*1〟を通してフランクル夫人という女性のもとに預けられた。フランクル夫人は愛のかけらもない人だった。彼女は、生きていればわたしと同い年になる妹を含む家族全員を亡くしていた。

家に着いた直後から、わたしは仕事をあてがわれた。フランクル夫人は受け入れ家庭の養母ではなく、わたしは彼女にとってただの召使いだった。着替えの服さえ与えられず、四人服を着たまま、衰弱した体で彼女のために家事をこなした。

あるとき、両親の消息を何か知っていないかどうかフランクル夫人に尋ねてみた。

「ブラチスラヴァで撃ち殺されたよ」と、彼女はぶっきらぼうに答えた。「あんたの家族はもうひとりも残っちゃいない。両親の銀行口座をわたしに教えたほうがいいね」

わたしはフランクル夫人を信用しなかった。わたしの両親のお金が欲しいだけなのだと思っていた。

ロートシュタイン兄弟の部屋を訪ねた午後、この街から逃げることについてマルタと相談した。

「今夜、あの大街道で待ち合わせよう。あそこなら軍のトラックが通るから」と、妹の耳もとでささやいた。わたしたちは故郷へ帰る旅をつづけなくてはならない。

新月の夜だった。フランクル夫人宅の窓から這い出し、書き置きひとつせず家をあとにした。マルタが街道でわたしを待っていた。そこに立つわたしたちには所持品ひとつなく、さしあたってどこに向かえばいいのかさえわかっていなかった。

ここではないどこかならどこでもいい。わたしは胸の内でつぶやいた。


1＊米国の慈善事業団体。一九一四年の設立以来、世界各地でユダヤ人の救援を行っている。

療養所

タトラ山地
一九四五年春

わたしとマルタは軍のトラックをヒッチハイクして、スロヴァキアの田園地帯を移動した。いくつもの小さな街や農地を通り過ぎた。街は荒廃し、いたるところに行き場のない人々が溢れていた。

わたしたちはやっとのことで大きな街の新たな難民保護センターにたどり着いた。そこは珍しく整然として清潔で、名前を登録すると、医療検査のために病院に連れていかれた。

温厚そうな医師がわたしの脈をとり、片手をわたしの胸に添えて言った。「息を吸って……はい、吐いて」肺からはいつものように雑音が聞こえた。マルタも隣で苦しげな息をしていた。

「きみたちふたりは結核に罹《かか》っている」と、その先生が言った。「タトラ山地に送るから、そこで療養するといい」

わたしとマルタはトラックに乗せられ、タトラ山地に到着した。小さな頃に見たときとそこは少しも変わっていなかった。日は輝き、空気は澄み、食べ物もあった。だが、ただひとつ欠けているものがあり、それがわたしの胸を締めつけた。

タトラ山地はかつて、家族とともに過ごす土地だった。わたしは夏の休暇を思い出さずにいられなかった。スイスから遅れて到着したパパが、南国の果物をおみやげに持ってきてくれたこと。安息日に窓から流れ込んでくる夏の熱い風。それはそんなに遠い過去じゃない。ほんの数年前のことなのだ。なのに、それはわたしではなくほかの誰かの人生のようだった。なんの憂《うれ》いもなく、ただただ幸福な人生を送っているよその誰か……。

思い出の中にいる少女は、わたしではなかった。その少女は、両親に再会できるかどうか、兄や妹たちが生きているかどうかを案ずる必要もない。わたしはもう以前とはちがう誰かだ。過去の人生がこのいまの人生とふたたび交わることはあるのだろうか。ふたつの人生は永遠に別れたままなのか……。

当時のわたしに平安はなかった。体力は戻りつつあったが、心は失われたままだった。わたしは過去と断ち切られた世界で生きていた。病院から抜け出し、まっすぐブラチスラヴァに向かうことを夢想した。しかし、不安で動けなかった。

生きているという知らせ

タトラ山地
一九四五年五月

それはタトラ山地に着いて数週間後の、ある午後のことだった。暖かな風が病室の窓から吹き込んでいた。わたしはベッドに横たわり、隣のベッドにはマルタがいたが、心はとても孤独だった。わたしたちには見舞客もなかった。わたしたちがここにいることを知る人はひとりもいないと思っていた。わたしたちは外の世界と隔てられている、と。

さまざまな考えが頭の中をめぐっていた。フランクル夫人の言ったことが正しかったら、どうなるのだろう？　パパもママも死んで、わたしとマルタだけが生き残ったのだとしたら？　これからどうなるのだろう？　どうやって生きていくのだろう？

そのとき、病室のドアが開く音がした。視線をあげると、ほほえみながら近づいてくるコーン氏の姿があった。その前に彼と会ったのはワルシャワだった。コーン氏はベッドのそばまで来ると、わたしたちを抱きしめ、語り始めた。

わたしはひどく面食らった。マルタを見つめると、彼女もわたしを見つめ返してきた。

「きみたちに、よい知らせを持ってきたよ」コーン氏は言った。「ブラチスラヴァが解放された。

そして、きみたちのご両親は生きている」

わたしとマルタはすぐにベッドから跳び起きた。

「パパとママが?」わたしは叫んだ。「本当に生きてるの?」

「ああ。ご両親からきみたちを迎えに行くように言われたんだよ。いいから、いまは横になりなさい。話さなきゃならないことがたくさんある」

コーン氏が語ったところでは、ブラチスラヴァが解放されると、ユダヤ合同配分委員会が、登録済みのユダヤ人生存者のリストを街じゅうに貼った。パパとママは隠れ家から出て、すぐに子供たちの名前があるかどうかを確かめに行き、わたしとマルタがタトラ山地の病院にいることを知った。そして偶然、パパが通りでコーン氏と出会った。コーン氏はワルシャワの街でわたしたちに出会い、ソ連への強制移送から救ったことをパパに伝えた。パパはクルティや妹たちの捜索に奔走《ほんそう》していたので、コーン氏にわたしたちを連れ帰るよう頼んだということだった。

「さて、もう行かなければ」と、コーン氏が言った。

「わたしたちもいっしょに連れてって!」わたしは思わず叫んだ。

「だめだめ。わたしはきみたちの父さんじゃない。連れ出すわけにはいかないんだ。だから、きみたちは夜こっそりと病院を出なさい。病院の正門前で落ち合おう。そこからはヒッチハイクだ」

その日は期待に震えて過ごした。夜になると、わたしたちはベッドの上掛けに隠れて、前と同じ囚人服に着替えた。そして病院内が寝静まると、わたしはマルタの肩を叩いて合図し、正面扉からそっと通りに出た。

コーン氏と落ち合い、黙々と街道まで歩いた。

＊

道路にはぼろをまとった難民が列をなしていた。誰もが家に帰りつこうと、家族を見つけようと必死だった。通り過ぎる軍のトラックが速度を落とすたび、人々がそこに群がり、なんとか荷台に乗り込もうとした。

わたしとマルタにはコーン氏を追いかけることさえむずかしかった。誰もが人を押しのけながら走っていた。わたしはマルタの手をしっかりと握り、人の群れを縫いながらコーン氏のブーツを追った。

突然、わたしはコーン氏の姿を見失った。パニックに陥り、あたりを見まわした。群衆の中から呼ぶ声がした。「エヴァ！　こっちだ、急げ！」

見あげると、コーン氏がトラックの荷台に立ち、わたしたちを待ち構えるように両腕を伸ばしていた。わたしとマルタはトラックを目指して全力で走った。同じようにそこに行きつこうとする人々で押し合いへし合いになった。トラックのエンジンがうなり、排気が吹き出る。ついにトラックは発進し、わたしたちとの間隔がさらに開いた。わたしはむなしく両腕を差し出すコーン氏を見つめた。

「すまん！」コーン氏が叫んだ。「なんとか自力で帰ってくれ」

わたしは猛烈に腹が立った。パパが来てくれたら、ぜったいにこんなことにはならなかったのに。パパなら必ず、わたしたちを待っていてくれたのに……。しかし、怒りはそう長くはつづかなかった。なぜなら、いまは目的がある。ママとパパのいる家に戻ること！　パパとママは生きている！　大切なのはそれだけだった。

マルタとふたり家に帰りつくのに何日かかったのか、正確な日数を憶えていない。その街道沿いに何日も立っていたのか、数時間後にはトラックに乗っていたのか、それすらもわからない。でも、それはさして重要なことではない。

重要なのは、わたしたちがとにかく駅のある街まで行きつけたということだ。そして、わたしたちはそこから汽車に乗り、ブラチスラヴァまで帰りついた――そう、パパとママのいる故郷の街に。

我が家へ

ブラチスラヴァ
一九四五年六月

わたしたちはシュテファーニコヴァ通りにある駅に降り立った。ここはブラチスラヴァで最後にパパと別れた場所だった。そのときのパパの言葉がいまも耳の底で響く。

「わたしの子供たちよ《マイネ・キンダー》、これが最後の別れになるかもしれない……」

足早にパリサーディ通りを目指した。子供時代に見た家族の光景が脳裏によみがえってきた。安息日《シャバット》のご馳走……湯気をあげるチョレント、ママがぱりっと焼き上げるハッラー、バスタブから取り出して調理される鯉《こい》……。ママがたらいでわたしの髪を洗ってくれる。パパが階下の祖父母の部屋へ行き、祝禱《キドゥーシュ》を唱えて急いで戻ってくる……。わたしは思い出の海で溺れそうになった。

「エヴァ！　見て！」マルタの声に白日夢《はくじつむ》から引き戻された。

目をあげると、パリサーディ六〇がすぐそこだった。わたしはパパとクルティの姿を認めて、思わず足を止めた。パパとクルティがふたりで何か話しながら建物の門の外に立っていた。ふたりとも安息日の服を着ている。以前より痩せているけれど、堂々として見える。

パパもクルティも動かなかった。わたしたちも動けなかった。これは幻ではないかと恐ろしくなった。わたしの瞼《まぶた》の裏に思い出が映し出されているだけではないだろうか……。

わたしはおずおずとクルティを見つめた。何年も会わなかったわけじゃない。しかし、兄は背がうんと伸び、おそらく一八〇センチを超えていた。ただ、その目は変わっていなかった。クルティが愛と慈愛に満ちたまなざしをわたしに向けた。妹を守ろうとする兄のまなざしだ。

わたしとマルタは、パパとクルティに駆け寄った。四人で抱き合い、声をあげて泣いた。パパは、感動のあまり両手をわたしとマルタの頭に置いて祈り始めた。

神があなたをサラ、リベカ、ラケル、レアのようにしてくださいますように
神があなたを祝福し、あなたを守られますように
神が御顔を向けてあなたを照らし、あなたに恵みを与えられますように
神が御顔をあなたに向け、あなたに平安を賜《たまわ》りますように

クルティが「アーメン」と締めくくり、大きな木製のドアを開いた。我が家の親密さがわたしを一気に包み込んだ。それは家の匂いがもたらすものだったのかもしれない。ママがわずか数歩先に立っていた。エプロンとスカーフを身につけたわたしの美しい母がそこにいた。その顔は蒼白く、目は影の中に沈んでいる。

母は微動だにせず、ひと言も発しなかった。わたしとマルタはドア口に立ったまま、母が何か反応するのを待った。恐怖に見開かれたかのような母の目が怖かった。その目はまるで幽霊を見るようにわたしを見つめていた。いまのわたしは母から見てもひどいありさまなんだろうか？もしかしたら、もうわたしのことを愛してないのだろうか？　もしかしたら……こんなわたしが恥ずかしいの？

そろりそろりと母が近づいてきた。母は片手をマルタに、もう一方の手をわたしにまわし、家の中を通ってわたしたちを台所に導いた。そこには子供たちがいっぱいいた。わたしの妹たちではなく、わたしのように病気を患《わずら》い、痩せ細った子供たちだった。その子たちは孤児で、ママが面倒を見ていたのだ。部屋の真ん中に小さなテーブルがあり、その上に缶入りのジャムとパンが載っていた。みんながそれを自由に食べることができた。

ママはまだ口を開かず、台所を過ぎて裏の廊下を抜けたところにある一室にわたしたちをいざなった。部屋の中に小さな白いサークル・ベッドがあった。ママはわたしたちをベッドに近づけ、毛布のよじれを直した。ベッドの中にわたしたちの妹、ロザンナが眠っていた。この妹に会うのは初めてだったし、妹が生まれたことさえ知らなかった。

あとで知ったことだが、ママはブラチスラヴァのとある車庫に潜んでいるときに産気《さんけ》づいた。そのときパパは別の場所に隠れていたので、ママはひとりきりでブラチスラヴァの街に出ていくほかなかった。ママはドイツ兵に近づき、オーストリア式のアクセントを最大限に使って「病院に連れていってください」と言ったそうだ。

　ママは愛情のこもったまなざしを赤ん坊に注いだあと、ようやく、わたしとマルタを見おろした。そしてその日初めて、本当の意味でわたしたちを見つめた。ママの目はやさしさに溢れ、もう怯《おび》えてはいなかった。ママはひざまずいて、わたしたちを抱きしめてくれた。

　そのあと、わたしたちの体を洗い、着替えを用意してくれた。わたしとマルタはすべてをママにゆだねて身を浄《きよ》め、なされるがままになった。一家はかつてじいじとばあばが暮らしたパリサーディ六〇の中二階を住まいにしており、ほかの階にはソ連兵たちが寝泊まりしていた。

　わたしとマルタが我が家に帰って最初に食べたのは、安息日の晩餐だった。パパがワインを前に祝禱《キドゥーシュ》を唱え、ママの焼いたハッラーを前にパンのための祈り《ハモツィ》を捧げた。クルティがパパのかたわらに立っていた。チョレントの匂いが猛烈に食欲を刺激した。わたしはこのご馳走に飛びつき、がつがつとむさぼった――いつものように、これが最後かもしれないという食べ方で、しまいには気持ちが悪くなるまで。

みんな帰ってきた

ブラチスラヴァ◆パリサーディ通り
一九四五年夏

わたしとマルタよりも先に、クルティ、ノエミ、レナータ、ルートがパリサーディ六〇の我が家に戻っていた。それぞれに勇気と絶望と暗闇と希望と忍耐と幸運の織りなす物語があったはずだ。しかし、両親に守られた温かな家庭に戻ってきた当初、わたしたちは自分たちに何が起こったかをいっさい語らなかった。

のちに知ったことだが、クルティとノエミはブラチスラヴァに潜伏して生き延びた。完全に外界と隔たって暮らし、家族が生きているかどうかも知らずに数ヵ月間を過ごしたという。ブラチスラヴァが解放されて、パパとママが迎えにいったときには、長期の栄養失調から骨と皮ばかりに痩せ衰えていた。

一方、レナータとルートは、エステルハージ伯爵の御者に匿われ、手厚く面倒を見てもらっていた。ところがドイツが降伏すると、御者夫婦はふたりを実の両親に返すのを拒んだ。そこでパパはいたしかたなくソ連兵の一団を雇ってウーイラク一帯を捜索させ、数週間後、レナータとルートが無事にパリサーディ通りの我が家に戻ってきた。

戦時のレナータとルートはまだ幼かったので、それ以前の暮らしをすっかり忘れ、ユダヤのしきたりに従う暮らしになじめなくなっていた。帰宅した夜にママがベッドに寝かせると、ルートはこう叫んだそうだ。「わたしの十字架はどこ？」ルートを受け入れた御者夫婦の家ではベッドから見えるところに十字架が飾られていたのだ。

また、ある午後、ママがルートを連れて買い物に出ると、ルートは街の真ん中でママを振り切り、通りの反対側にあるカトリック教会に駆け込んだ。追いかけたママが目にしたのは、教会の入口にある聖水に指を浸して十字を切る娘の姿だった。ママはルートを教会から引きずり出した。「ルート、あなたはユダヤ教徒なのよ」ママは言った。「わかる？」

「ママの司祭は嫌いよ！」ルートは叫び返したそうだ。

終戦からほどなく妹のハンナが生まれ、パリサーディ六〇の家にまた子供が増えた。安息日の食卓には小さな子供がぎゅうぎゅう詰めになった。ママが食卓の蠟燭《ろうそく》に火を灯すと、遠い日の安らかな記憶がよみがえってきたものだ。わたしはちっちゃなロザンナとハンナがかわいくてたまらず、自分のことを〝かあさん〟と呼ばせ、よく面倒を見た。いつも妹たちを乳母車に乗せて、ブラチスラヴァの街を散歩した。

以前のように妹たちに囲まれる日々が戻ってきた。これだけ多くのきょうだいが生き延びたことは奇跡だった。両親がまた子供をつくろうと決意したことも奇跡だった。しかし、けっして昔どおりではなかった。わたしたちの愛らしい妹ユーディトは、家族のもとに帰らなかった。ユーディトだけではない。父が愛してやまなかった父方の親族も帰らなかった。彼らの不在が重苦しい沈黙となって、わたしたちにまとわりついた。彼らは、わたしや妹たちの思い出の中で永遠に生きつづけている。

わたしと妹たちとの親密な関係はいまも変わらない。わたしたちはお互いに支え合っている。わたしたちの間には言葉では言いあらわせない絆《きずな》がある。けれども、わたしたちそれぞれの心の奥に、あの当時の記憶がある。それは時の流れとトラウマ体験によって形づくられ、分かち合われることなくいまに至っているのだ。

クルティ
ブラチスラヴァ◆パリサーディ通り
一九四五年七月－八月

パリサーディ六〇での日々が過ぎた。わたしの体力は徐々に回復していったが、いつも消せない記憶に苛《さいな》まれていた。自分の体に汚物が染み込み、皮膚の下に層をつくっているような気がした。毎日、その汚物を掻き出そうと、皮膚が赤剝《む》けになるまで掻きむしった。クルティがそんなわたしを困惑と憐憫《れんびん》の入り交じった目で見つめていた。クルティは十五歳になり、もうりっぱな青年だった。何をするにも生まれついてのリーダーが備える自信と落ちつきがあった。

クルティは流暢《りゅうちょう》にヘブライ語を話せたし、ユダヤ教の文献についても詳しかった。熱心なシオニストでもあり、シオニズム運動を推進する若者たちの組織、ブネイ・アキバでは地域のリーダーに推され、安息日のたびに近隣の丘で集会を催した。「エヴァ、ぼくたちと同じ年頃の仲間がパレスチナ帰還や修養《ハクシヤラ》*1について語り合うんだ。きみも来いよ」

わたしは兄といっしょによく集会に行った。兄は参加者の前に立ち、講義を行い、パレスチナの地に入植する未来について語った。メンバーの子供の多くが、ホロコーストからの生還者だった。わたしたちはクルティの弁舌に魅せられた。自分たちを手負いの獣《けもの》のように感じているとき、クルティはとても堂々と穏やかに語っていた。その人が自分の兄であることが誇らしかった。ある金曜日の午後、クルティがわたしの部屋に入ってきた。「エヴァ、この安息日にはきみがみんなの前で講義をしてくれ」

わたしが断るより早く、兄はわたしが何をどう話すべきかを解説し始めた。わたしは感嘆しながらも当惑して耳を傾けた。長身で頑健な兄が後ろ手を組み、部屋の中を行ったり来たりする。ときどき立ち止まって、わたしに尋ねる。「エヴァ、わかったかい？」

わたしはそのたびに首を横に振った。

「そうか。じゃあ、また最初から」

回復期にあったあの頃のわたしを、兄はどこまでも辛抱強く、思いやりと気遣いの目で見守ってくれた。

あるとき、パレスチナから視察団がブラチスラヴァにやってきた。視察団を出迎え、街のユダヤ人コミュニティを案内する役目が、ただひとりヘブライ語に堪能なクルティに課せられた。

視察団には多くの若者がいて、一様に健康的でよく日に焼けていた。彼らのわたしを見つめる目をいまも憶えている。その目はわたしとマルタが帰宅した日のママの目と同じだった。彼らはわたしたちを理解しようと、わたしたちに何が起こったかを受け入れようと努めていた。でも、それは不可能だった。何が起こったかについて語り合おうという勇気と強さを兼ね備えた人はひとりもいなかったのだ。

＊

ふたたび、体調が悪化した。夜になると咳が止まらず、どうしようもなく眠くてだるかった。マルタもわたしと同じ症状だった。

わたしたちはママに連れられて医者に行った。そしてレントゲン検査の結果、ふたりとも同じ病気と診断された。肺結核だった。「ヴァイス夫人、肺結核は伝染性の病気です」医師がママに言った。「お宅には小さなお子さんや赤ちゃんがいる。このお嬢さんたちをどこか別の土地に送って、療養させたほうがいいでしょう」

ママとパパは、わたしとマルタをタトラ山地の療養所に送る手配をした。両親と離れて暮らすのはつらかった。クルティとも離れたくなかった。妹のノエミとも親しむようになっていた。戦前から仲よしだったが、その頃には言葉に頼らなくてもお互いに理解し合えていた。

パパとママには、わたしがふたたび家族と引き離されてつらい思いをするだろうとわかっていた。出発の朝、パパはわたしとマルタに率直に言った。「きみたちは、ここにいつづけるわけにはいかない。でも、山の暮らしで病気はきっとよくなるだろう。そうしたら戻っておいで。それからは永遠にいっしょだ」

わたしは両親の言いつけに従い、いっさい何も尋ねなかった。一九四五年七月、わたしとマルタはタクシーに乗せられてタトラ山地に向かった。病院は山間《やまあい》の美しい土地にあった。わたしたちは清潔なシーツで眠り、好きなだけ食べることができた。香《かぐわ》しい夏の大気が病室の窓から流れ込んできた。

病院の医師たちはやさしくて紳士的だった。わたしたちは毎日、カルシウムを注射された。しだいに肺にも体全体にも力が戻ってくるのを感じたが、夜眠れないのはあいかわらずだった。

＊

わたしたちがタトラ山地に発った二日後は、ユダヤ教の聖日、ティシャ・ベアブ*2だった。療養所から遠く離れたブラチスラヴァでその日、クルティがヘブライ語聖書から〝哀歌《エーハー》*3〟を朗誦《ろうしょう》した。あとになってパパが、その朗誦は胸が張り裂けるほど象徴的だったと言った。〝なにゆえ、人に溢れていたこの都が、やもめとなってしまったのか〟――古代イスラエルの民と同じように、当時のヨーロッパのユダヤ人たちも、信仰生活の拠《よ》りどころを破壊されたことを嘆き悲しんでいた。ホロコーストを経験してもなお、ユダヤ教徒でありつづけることにはどんな意味があるのだろうか。

わたしの心の目には、そのときのクルティの姿が見える。多くの人が殺されたブラチスラヴァのユダヤ人共同体で、数少なくなった人たちの間に、ユダヤ人の歴史とその受難を嘆くクルティの若々しい声が響く。でもそのとき、わたしは遠く隔れたタトラ山地の病院で、眠れないままベッドに横たわっていた。

〝夜もすがら泣き、頰に涙が流れる。彼女を愛した人の誰も、いまは慰めを与えない。友はみな、彼女を欺《あざむ》き、ことごとく敵となった〟

ティシャ・ベアブから二日後、ブネイ・アキバの仲間たちが計画し、ブラチスラヴァ郊外のドナウ河岸に遠足に行くことになった。

その前日の夕食の席で、クルティが言った。「ママ、明日、ブネイ・アキバで遠足に行くんだ。水着を繕《つくろ》ってくれないかな」

いつもクルティがブネイ・アキバに参加するのを支援しているパパが立ち上がり、テーブルをこぶしで叩いた。「あれほどやめておけと言ったのに！」パパは声を荒らげてそう言うと、食卓から立ち去った。

ママはそんなパパの態度を過保護だと見なし、クルティに片目をつぶってみせた。それでこの一件は片づいた。

翌朝早く、クルティはパパに挨拶することなく家を出た。パパは兄が門を閉める音を聞いてベッドから飛び出し、通りまで追いかけたというが、クルティはすでに友人たちと姿を消していた。

その日一日、パパは落ちつかない気分で過ごした。おそらくは予感だったのだろう。昼過ぎ、十万コルナを入れたブリーフケースをどこかに置き忘れた。いつも注意深いパパは当惑した。そして、これを不吉な予兆と見なし、ブリーフケースが見つからないよう願った。神様が大金の入ったブリーフケースと引き替えに息子を無事に戻してくださるだろうと考えたからだ。

だが書斎の真ん中に置かれたブリーフケースがすぐに見つかり、パパはひどく動揺した。ブリーフケースをあけて中の現金を取り出し、クッションの中に隠してほしいとママに頼んだ。きょうは何かおかしい——パパはそう感じていた。一日じゅう、いやな考えから、胸騒ぎから逃れられなかった。

日が暮れて、夏空が夕焼けに染まった。クルティは帰ってこなかった。さらに時が経ち、空の闇が深くなった。その日は新月だった。クルティはまだ帰ってこなかった。

取り乱したパパは通りに出て、息子を捜した。ブネイ・アキバの各地区のリーダーの家に行き、ドアを叩いた。応対に出る者はいなかった。パパから隠れていたのだ。パパは夜の街を走り、ドアを叩き、叫んだ。「クルティはどこにいる?」それでも、誰も応えなかった。

わたしは、このときその場にいなかった。タトラ山地の病院にいて、たぶん眠れないままベッドに横たわっていた。自分の息子に何が起きたかをついに知ったとき、パパの形相がどんなだったかも、わたしは見ていたわけではない(それについて聞いたのは、長い歳月を経たのち、その場に居合わせた青年、のちにメルボルンに暮らすことになったアントン・フィッシャーとイスラエルで落ち合ったときだった)。

遠足に出かけたブネイ・アキバのメンバーはドナウ川で泳いでいたが、近づいてくるソ連兵の一団を見つけ、水からあがることにした。少女たちがレイプされるのを恐れ、森に隠れようとした。クルティが川底の早い流れにつかまったのはまさにそのときだった。クルティは水面から手をあげて助けを求めた。クルティを助けるか、森に逃げ込むか、メンバーは選択を迫られた。そして彼らは隠れ、クルティは溺れた。

パパがクルティを捜しているとき、わたしはその場にいたわけではない。パパはただひとりの息子がドナウ川の川面《かわも》に浮かんでいるのを見つけた。兄の遺体が荷馬車でブラチスラヴァまで運ばれてくるところも、わたしは見ていたわけではない。街の人々がその死を嘆いたというが、わたしには彼らといっしょに嘆くことはできなかった。パパとママはわたしとマルタに兄の死を知らせなかった。兄の死がわたしたちの病気に響くことを案じたからだ。

嘆きの書、哀歌《エーハー》は、〝なにゆえ？〟という言葉で始まる。なにゆえ？　なにゆえ、あれほどつらい目に遭《あ》ったわたしたちに、こんなことが起きるのだろう？

〝主はまことに敵となられた。イスラエルを打ち壊し、その城郭《じょうかく》をすべて打ち壊し、砦《とりで》をすべて滅ぼし、おとめユダの呻《うめ》きと嘆きをいよいよ深くされた〟

1＊人格と思想の両面においてユダヤ人としての成長を目指すためにイスラエルの地において行われるプログラム。ブネイ・アキバの地域のリーダーを養成する目的もあった。
2＊エルサレム神殿の陥落など、アヴ月の九日に起きた幾多の惨事を思い起こして悲しみ嘆く、ユダヤ教における聖なる日。
3＊紀元前五八六年のエルサレム陥落直後につくられたと言われる全五章から成る嘆きの歌、エレミヤ哀歌。

寄宿学校

スイス◆ベクス＝レ＝バン
一九四六年－一九四八年

ブラチスラヴァでこれ以上暮らすのは無理だとパパとママが気づくまでに、そう長くはかからなかった。けっして癒やされない傷というものは存在する。両親はわたしと妹たちをスイスのフランス語圏にあるユダヤ系寄宿学校へ入学させようと決意した。その学校は〝アッシャー博士学院〟という名で、ベクス＝レ＝バンにあった。

ブラチスラヴァから、この街のあらゆる思い出から、戦後もつづくユダヤ人排斥から逃れられることに、わたしは安堵した。いつも何かで気を紛らわせていられたので、寄宿学校の生活はそれなりに楽しかった。フランス語を学び、同年代の少女たちと友だちになった。スキーを覚え、フランス語で書かれた詩を愛好するようになった。ここでの暮らしには秩序があった。

校長のアッシャー先生はとても厳格だった。精神の鍛錬と称して冷たいプールで泳がされたし、食事時間に隣のお皿を見つめようものなら、自分の料理を奪われてしまった。先生はそれがマルタとわたしをどんなに不安に突き落とすかを知らなかった。わたしたちが何を経験してきたかを知らなかった。いや、そこの誰ひとり知らなかったのだ。

パパとママがおいしい食べ物——七面鳥の燻製《くんせい》やローストした家鴨《あひる》やチョコレート——を持って、よく訪ねてくれた。ママは新しい着替えも忘れなかった。ママが初めてブラジャーを持ってきてくれた日をよく憶えている。おとなになった気がして誇らしかったものだ。

わたしはスイスで花開いたと言えるのかもしれない。寄宿学校で二年間勉強し、陸上と卓球だけはクラスで二番だったが、首席で卒業した。しかし、その頃でさえ、夜を過ごすのはつらかった。拘束されているような、どこかに収容されているような感覚から抜け出せなかった。そして、そんな不安を誰にも打ち明けなかった。

＊

比較的平穏な二年間を過ごしたあと、わたしとマルタはブラチスラヴァに戻り、パパとママがオーストラリアに移住しようと計画しているのを知った。

「どうしてオーストラリアなの?」それを知った夜、わたしはパパに尋ねた。「どうしてイスラエルじゃないの?」

「なぜって、そこがここからいちばん遠いからだよ」パパはそう答えた。

ここからいちばん遠い土地を目指して

スロヴァキア◆ブラチスラヴァ
一九四八年

オーストラリアへの移住に向けて正式な書類が整うより早く、パパがブラチスラヴァから出ていかざるを得なくなった。ソ連軍が国境近くまで迫り、〝鉄のカーテン〟を押しあけようとしていた。〝資本家の手先〟と見なされれば、ソ連の秘密警察によって逮捕される危険もあった。

パパはママとわたしたちを残して汽車でスイスまで逃れ、そこからママに家の建物を手頃な価格でハンガリー大使館に売却するよう指示した。その見返りとして、ハンガリー経由でスイスに逃れられるように大使館からビザが発給されるということだった。大使館は約束を守ってくれた。しかし、わたしだけ、パスポートが期限切れ間近だったためにビザがおりなかった。

ブラチスラヴァからハンガリーのブダペストに向かう列車に乗り込むと、わたしはすぐにママと妹たちとは別の車輛に移った。ママがルートにばかりキスをするものだから、かりかりしていたのだ。ところが、列車が駅を発つ前に、国境警察がわたしに近づいてきて、ハンガリーのビザを見せるように言った。わたしがビザを持っていないと知ると、彼らは列車から降りろと言った。もしビザを持っていたら旅をつづけることが許されるのでしょうか、と尋ねると、彼らは、もちろんだ、と答えた。

そのとき、プラットホームの離れた場所で、ママと妹たちが同じように国境警察によって列車から降ろされているのが見えた。わたしは飛んで行って、いまビザがあればブダペストまで行けると言われたばかりですが、と言った。国境警察はしぶしぶだったが、ママと妹たちを列車に戻した。わたしはママに、パパがきっとうまくやってくれるから、わたしは大丈夫と請け合った。ほどなく、わたしがママや妹たちといっしょにブダペストまで行けないことがパパに伝わり、パパと電話で話すことができた。

「エヴァ、すまないが、きみはひとりでブラチスラヴァにとどまってくれ」と、パパは言った。「いいかい、まずハンガリー大使館に行くんだ。そうすれば、大使館の職員が、競泳チームといっしょに、きみをオーストリアとスイスの国境まで送ってくれるだろう。そこで落ち合おう」

わたしは言われたとおりにした。その旅の間、わたしはソ連兵に尋問されたり調べられたりした。彼らはわたしがスロヴァキアからオーストリアへ不法に現金を持ち出そうとしているのではないかと疑った。そして、わたしの宝物が、クルティが筆記してわたしにくれたヘブライ語の詩のノートが没収されてしまった。

ようやくスイスとの国境にたどり着き、わたしはパパに迎えられた。パパが安堵のあまり「エヴァ！」と大きな声をあげ、わたしたちは久しぶりの再会に歓喜した。そこからはふたりで、パパが部屋を借りているスイスのルガノまで旅をした。

ルガノにたどり着いたのは、よく晴れた穏やかな日だった。アパートメントの階段を昇り、パパがドアを開く。

妹たちが遊んでおり、ママが窓辺に立って山々を見ていた。暖かな陽射しが部屋に注いでいた。ママがわたしのほうを振り返ってほほえんだ。その瞬間、わたしは守られていると感じた――わたしはとても幸せだと。

＊

でも、それは束の間だった。そのときもまだ、家族の誰ひとり、自分たちが生き延びた悪夢については語ろうとしなかった。ふたたび家族がいっしょになっても、わたしたちは孤独だった。大切な親族の多くを亡くしているのに、そのことについて何も話さなかった。ひたすら沈黙した。祖父母のこと、ダーヴィット伯父さんとフリーダ伯母さんのこと、シャム叔父さんと奥さんと子供たちのこと、わたしのいとこたちのこと――亡くなった人たちのことを話さなかった。戦前には一族の要《かなめ》のようだった人がもうこの世にいない。わたしたちは強制収容所について、潜伏生活や拷問について、飢餓や残忍さや孤独について、何も話さなかった。ユーディト、わたしたちの小さなユーディトのことさえ話さなかった。わたしの妹、パパとママのかわいい娘――。誰もひと言も口にしなかった。

その頃はまだ語れなかった。言葉にできなかった。あまりに生々しくて。すべて終わったことだと決めてかかるかのように。終わりなどあるわけないのに。自分の経験とそのときの感情が、夜になると頭の中で勝手に再現された。それがわたしを責め苛《さいな》み、両親から遠ざけた。マルタからさえも遠ざけた。あんなに助け合っていたのに、わたしたちはそれについて語り合えなかった。わたしたちの舌は屈辱の沈黙に縛られ、ある種の自責の念に重たくなった。

その重圧は、その後の人生においても変わらなかった。わたしは自分の身に何が起きたかについて、愛するママとパパに語らなかった。オーストラリアに移住してから数十年間を生きた両親に、結局、何も語らずじまいだった。自分がどんなに苦しんだかを話すこと、伝えることには耐えられないと思っていた。

わたしは自分に何が起きたかを両親に知られたくなかった。以前と何ひとつ変わらないパパとママでいてほしかったからだ。わたしはふたりにとって、かわいくて楽しげなエヴァのままでいたかった──アウシュヴィッツからの生還者になるのではなくて。わたしがそこで見てきたものを、両親に知ってほしくはなかった。

しかし、沈黙は何も解決しない。それは事態をさらに悪くするだけだった。二度と修復できない何かが壊れてしまった。たとえわたしが語ろうと努めたところで、それは変わらなかったと思う。

これは、わたしたちひとりひとりが終生抱えていくしかない苦しみだ。遠い昔、あのブラチスラヴァの駅で交わした別れと同じ苦しみだ。パパはわたしの目をのぞき込んで言った。

「わたしの子供たち《マイネ・キンダー》よ、これが最後の別れになるかもしれない……」

それが、単なる父と娘の別れではなかったことに、あとになって気づいた。あれは、家族への、おびただしい人々への、歴史の中のひとつの時代への別れだった。それまでの人生への永遠のさようならだった。

エピローグ

イタリアのジェノヴァからオーストラリアまでの船旅には六週間を要した。蒸気船ナポリ号は悪天候の中でひどく揺れ、わたしたちはひどい船酔いになった。ユダヤ教の掟《おきて》に適《かな》った食べ物、コシェルと呼べるのは、茹《ゆ》でたジャガイモとときどきの茹で卵ぐらいだった。

男と女は人で溢れた相部屋に分けられていた。旅荷を狭い二段ベッドの下に置くほかなく、ブラチスラヴァから持ち出した、家族にとって大切な品々が入ったスーツケースのことをママはしきりに気にしていた。それらは戦時中パリサーディ六〇の地下室のコンクリート板の下に隠してあったもので、中でもとびきり大切なのはヴァイス家のモーセ五書の巻物、セフェル・トーラーだった。

メルボルンに着いて最初に住んだのは、イースト・ブランズウィックのニコルソン通り一五三Aに建つ小さな家だった。憶えているのは、とにかく近所の人々がすばらしかったこと。とても親しみやすく、やさしく、親切だった。しかし、それでもつらかった。わたしは十七歳で、本音を言えば、友人たちと同じようにイスラエルに移住したかった。それができないことが悔《くや》しくて、オーストラリアに来て最初の数週間は、英語も通貨の種類もかたくなに覚えようとしなかった。しかしそれでも、新しい環境にしだいになじんでいった。

なじむのがむずかしかったのはむしろ両親、とくにパパだった。到着早々、パパは抑鬱《よくうつ》症になった。ブラチスラヴァでは優秀な実業家だったが、この国の言語が使えなくては同じようにいかない。わたしと妹たちとでパパを守らなければならなかった。パパはイースト・ブランズウィックにあるウェハース工場を買い取ったが、先のことを何も考えていなかったので、結局は家族全員で工場の経営を助けた。

パパがいちばん幸せを感じるのは、安息日にイースト・ブランズウィック教会堂《シナゴーグ》に行って祈ることだった。メルボルンに着いて数日後に、パパは地域のラビのもとに出向き、礼拝のためにセフェル・トーラーを貸したいと申し出た。こうして、安息日の朝にはいつも、ヴァイス家のセフェル・トーラーの一部が読みあげられるようになった。

やがて、一家はイースト・ブランズウィックからサウス・コールフィールドへ、そのあとすぐにイースト・セントキルダのバラクラヴァ街に引っ越した。そこはユダヤ人共同体がほかの区域よりも活動的で、結びつきも強かった。わたしは一九五三年に、現在の夫のベン・スローニムと結婚し、インカーマン通りの小さな部屋を新居とした。両親は同じ通りのミズラヒ教会堂《シナゴーグ》の隣に住み、前の住所のときと同じようにヴァイス家のセフェル・トーラーを安息日の礼拝に貸し出した。

家族が増えていった。わたしは五人の子を産み、妹たちもそれぞれに子供をもうけた。歳月が流れ、気づいたら孫たちが――オーストラリアにもイスラエルにも――いたるところにいた。あのアウシュヴィッツでの過酷な日々にわたしの中で育っていった、失われたものをつくり直そうという熱望が叶《かな》えられたかのように感じた。

パパが一九八四年に亡くなったとき、わたしはママが遺品を整理するのを手伝った。父の机の鍵のかかった抽斗《ひきだし》から、ナチスに見つからないようにパリサーディ六〇のコンクリート板の下に隠しておいた証書類が出てきた。我が家の事業が没収されたことを告げる書類や、パパが強制労働の人員に登録されたことを示す書類もあった。収容所にいるフリーダ伯母さんからパパとママに届いた手紙、わたしたちが強制的に身につけさせられた布製の黄色い星もあった。そして、何十枚もの古い写真には、じいじやばあば、生きて還れなかった愛しいいとこたち、わたしのかわいい妹ユーディトが写っていた。髪をおさげに結って、ブラチスラヴァの駅に立つユーディト。わたしがこの世で最後に見たユーディトの姿だ。

ヴァイス家の書類や写真は複写され、いま、メルボルンのヴィクトリア州立図書館とホロコースト博物館に収蔵されている。それらは、わたしの証言が真実であることを示してくれる。しかしそれ以上に、これらの品々はわたしがかつて生きた人生といまの人生をつなぐ最後の糸のような存在となっている。

そして、ヴァイス家のセフェル・トーラーは、おそらく書類や写真以上に、共同体への帰属意識をわたしに与えてくれる。わたしは子や孫たちが、それぞれのバル・ミツヴァやバト・ミツヴァ[*1]の儀式で、このセフェル・トーラーの一部を読みあげる姿を誇らしい気持ちで見つめたものだ。わたしたちの先祖と同じように子や孫たちが聖典を朗誦《ろうしょう》する。しかも、かつてブラチスラヴァの我が家にあった巻物から読みあげる。それはまさに生きている人から人へと受け継がれていく記憶であり、かつていきいきと花開いていたわたしの過去からの貴重な贈り物でもある。

1＊ユダヤ教の成人式。男子（バル・ミツヴァ）は十三歳以上、女子（バト・ミツヴァ）は十二歳以上を対象とする。「戒律の息子／娘」という意味。

謝辞

エヴァ・ヴァイス

わたしの家族の避難所となってくれた平安と豊穣の地、オーストラリアに感謝を捧げます。オーストラリアとイスラエルに暮らす一族全員に、いつも変わらぬ愛と助力を注ぎつづけてくれることに感謝します。わたしがこの記憶をさかのぼる道に分け入るきっかけを与えてくれたニコール・ガーショフに、その旅の同行者となってくれたオスカー・シュウォーツに感謝します。夫のベン・スローニムには、わたしの試みに揺るがぬ支援をつづけてくれることに感謝します。

いまや、ホロコーストの最後の生き証人であるわたしたちは、人生の終わりに近づこうとしています。そこで、わたしはみずからに尋ねます。こうして生き延びてきたことは恩恵なのか、褒美なのか、罰なのか、それとも重い責任を果たすためなのか？　答えはその全部です。警戒を怠らないこと、寛容を説きつづけること、壊されたものを修復すること、そして、命尽きてもお墓も墓標も与えられなかった一五〇万人の子供たちの記憶を未来に語り継ぎ、追悼することは、わたしが神様から与えられた責務だと感じているのです。

あとがき

オスカー・シュウォーツ

古代ヘブライ語には「歴史《ヒストリー》」という言葉が存在しない、とぼくは学校で教わった。その代わり〝ズィカロン〟*zikaron*という言葉があるのだと。なぜこの知識のかけらが長い間、頭の隅にこびりついていたのかよくわからない。でもいまも憶えている。翻訳するうえで、ズィカロンは「記憶《メモリー》」と訳されるのだが、それでは大切な何かが抜け落ちてしまうと先生は説明した。「この言葉には英語に移し替えられない何かがあるの」

おそらくそれは、ユダヤ民族にとって、歴史と記憶とが分かちがたいものであるからだろう。過去は年代順に並んだ事件ではなく、途切れることのない伝承として取り込まれる。ユダヤ人にとって、ユダヤ史の一部になるとはその伝承を実践することであり、伝承に意味を見い出すことを通して、みずからも分かち合われる記憶の一部となる。ズィカロンとは、過去の経験の集積にとどまらない、人としての生き方まで含んだ共同体の記憶なのである。

ズィカロンのことを思い出したのは、エヴァ・スローニムとともに彼女の記憶をさかのぼる作業を始めたときだった。およそ四ヵ月間、毎火曜日、ぼくはエヴァの書斎で彼女の過去と向き合い、その並はずれた記憶力に驚かされた。語られる大半は彼女がまだ十二歳か十三歳のときに起きたのだということを、何度も自分に言い聞かせなければならなかった。想像しがたい苦難や極限的な恐怖について語るときも、彼女が集中力と落ちつきを失わないことに畏敬の念すら覚えた。エヴァはみごとに感情を抑え、まるで他人のことのように彼女自身の物語を語った。

ぼくは彼女との対話をすべて録音し、自宅に持ち帰って聞いた。そして実際に対話したとき以上に胸をえぐられた。温かで人を思いやるエヴァの存在を前にしていないとき、少女時代の彼女に襲いかかった悪がどんなに惨烈で理解しがたいものであったかを思い知らされた。

それを文章に起こし始めたとき、ぼくは初めて少女エヴァの肉声を聴いたと心から思えた。ひとりの子供の目を通して、歴史を目撃し、経験した。ユダヤ人大量殺戮《ホロコースト》とはなんであったかを体系的にまとめることの重要性はこれまでも強く言われてきた。もちろん、それは必要だ。しかし、そうすることで歴史が冷厳な事実と化して、体験者ひとりひとりの声がその中に埋もれてしまうこともある。

なぜこの本を世に送り出したいのか、ぼくはエヴァと長い時間をかけて話し合った。その話し合いの中で何度も立ち返ったテーマは、証言することだった。エヴァは、自分と彼女の一族に何が起こったかについて、のちの世代に語り伝えなければならないという使命感に突き動かされていた。ホロコースト以前の暮らしぶりを自分の孫たちに伝え、ユダヤ人社会の理念を示し、さらには広く世界に向けて、人間がどれほど凄まじい悪をなし得るかについて警鐘を鳴らしたいと考えていた。

ぼくはあるときエヴァに、証言することには個人的な効用もあるのではないかと尋ねてみた。証言することで、人は自分の身に起きたことを見つめ直す機会を得る。証言することがカタルシスや解放感を、もしかしたら過去のつらい経験をとらえ直す新たな視座すらもたらすことがあるのではないか。

エヴァは首を横に振った。「いいえ。あの当時の記憶にはなんの意義もない。思い出してもつらいだけ。わたしは未来の世代のためにそれをするのよ」

本書を読んだあなたには、ふたつの声が届いたことだろう。ひとつは、ぼくたちがよく知るエヴァ――凄絶な体験の中で心に壁をつくった人に特有の慎重さと用心深さをもって歴史を語りつづけるエヴァの声。もうひとつは、深い心の傷《トラウマ》を負った当時のエヴァ――子供の無垢で純真な心をもって自分の身に起きたことを理解しようと努める少女の声だ。

エヴァの証言の中で、歴史と記憶は分かちがたく結びついている。エヴァの身に起きたことになんらかの意味を与えようとしても、それはほぼ不可能に近い。ホロコーストは、いまなお黒い影としてぼくたちにのしかかる。伝承の断絶として、ユダヤ史の断層として、エヴァの言葉を借りるなら〝それまでの人生への永遠のさようなら〟として。

この回顧録は、何よりもまず、途方もない勇気の実践である。自分の物語ることが記録されると承知していたからこそ、エヴァは勇気を奮い起こした。ズィカロンのために、みずからの証言が——いくたの同胞の証言とともに——ユダヤ人の伝承の一部となり、語り継がれ、生きつづけることに希望を託し、エヴァは語りつづけた。この個人的な記憶の手記が、いつの日か、ユダヤ人に広く共有される記憶の一部となることを願いながら。

訳者あとがき

この本は、十三歳にして絶滅収容所とも呼ばれるアウシュヴィッツ＝ビルケナウに妹とともに送られた女性の回顧録——つねに死と隣り合わせで、人としての尊厳を踏みにじられる過酷な日々の中にあっても、希望を失わず、妹と支え合って生き延びた少女エヴァの物語である。

著者であるエヴァ・スローニム（旧姓ヴァイス）は一九三一年、チェコスロヴァキアの都市ブラチスラヴァの裕福なユダヤ人家庭に生まれた。父は市街で生地屋を繁盛させ、家族と親族が大きな集合住宅にまとまって暮らしていた。ユダヤ教の掟を守りながらも進歩的なコスモポリタンの矜持にあふれた家風の中で、エヴァは幸福な幼年時代を過ごす。しかし一九三九年、チェコスロヴァキアはナチス・ドイツによって解体され、スロヴァキアが名ばかりの独立国となった。第二次世界大戦の始まりとされるドイツのポーランド侵攻よりも半年前のことだ。これによって状況は一変した。カトリックを基盤とする一党独裁の傀儡《かいらい》政権は、翌年には反ユダヤ法を整備してユダヤ人財産を「アーリア化」し、ユダヤ人の排斥を本格的に開始した。

本書の冒頭にある一家の日常や祭祀の細やかな描写は、やがて壊されていくものとわかって読むだけに、いっそう美しく愛おしく胸に迫ってくる。エヴァの両親はあらゆる手段で祖父母や子供たちを守ろうとした。苦境に立たされる一家をエヴァはおとな顔負けの働きぶりで助けるが、ときには自分ばかり働かされることを吐露したり、隣家のお年寄りに分け与える牛乳をこっそり啜《すす》ったことを告白したりもする。

原書を初めて読んだとき、この子供とおとなの境にある少女のまなざしと率直な語り口に魅了された。生き延びるための闘いは実際以上におとなとしてふるまうことを少女に強いたが、随所にあらわれる子供ならではの感性や行動、そして視点が、この回顧録に豊かなリアリティと魅力を与えている。と同時に、スロヴァキアにおいては国家政策として行われたユダヤ人排斥と強制移送がエヴァの妹も含む多くの子供たちをホロコーストの犠牲者にしたこと、戦争のもとでは人間が同じ人間に対して信じがたい残虐さを行使し得ることを、心に刻みつけずにはいられない。

アメリカ合衆国ホロコースト記念博物館がまとめた「ホロコースト・エンサイクロペディア」*1によれば、一九四〇年十二月の人口調査で、スロヴァキアには八万八九五一名のユダヤ人がいたことがわかっている。だがその二年後には、そこから約五万七〇〇〇人が移送され、最終的にアウシュヴィッツ、マイダネク、ソビブルなどの強制収容所にたどり着く。その後は比較的平穏な時期がつづいたが、一九四四年に国内でユダヤ人も多数加わった蜂起が発生すると、さらに約一万三〇〇〇名のユダヤ人がアウシュヴィッツ、テレージエンシュタットなどの強制収容所に送り込まれた。エヴァと妹のマルタ、ユーディトも、この第二次移送の一万三〇〇〇人のうちに含まれている。結局、スロヴァキアに在住していた約八万九〇〇〇人のユダヤ人のうち、七万人以上が強制移送され、六万人以上のほとんどが絶滅収容所で一部は国内で殺害された。「(スロヴァキアの)大半の市民は沈黙することでナチスに協力した」という本書のエヴァの言葉は、七十年の時空を超えて、この時代を生きるわたしたちにも重い。

今年八十四歳になるエヴァは、オーストラリアに暮らしている。メルボルンにあるユダヤ・ホロコースト・センターなどで長年みずからの体験を語りつづけてきたが、自身がホロコーストの「生き証人」として最後の世代になるだろうと自覚したときから、その体験をより詳しく本に書き残したいと切望するようになった。この計画は愛息マルコムの死によってしばらく滞るのだが、そこに助っ人としてあらわれたのがエヴァの孫娘のボーイフレンド、オスカー・シュウォーツ青年だった。その後のなりゆきは彼自身による「あとがき」に詳しく書かれている。

《オーストラリアン》紙デジタル版に掲載されたエヴァとオスカーへのインタビュー[*2]によれば、彼の祖母もまたアウシュヴィッツ生存者だった。エヴァから聞き取りをしながら、オスカーは彼女が過去に連れ戻されるところを何度か目撃した。「魂が抜けたように見えました。彼女はそのときまさにその現場に戻っていたんです。でもたいがいはとても自制的で、ときにはユーモアさえまじえて、事実を率直に語り尽くそうとした。使命感に駆られていました」

エヴァは、「ぼくの名前を忘れないで」と言い残して死んだ少年シュムエルとの約束を果たしたかった。「あんなことが二度と起こらないようにと世界に訴えたいの」と、エヴァは決意をにじませて語っている。エヴァがまず原稿を書き、オスカーがエヴァとの対話をもとに加筆した章もあった。ふたりは最後まで入念な話し合いと推敲を重ねていった。人の息遣いや音や光や匂いまで感じとれるような濃密な描写は、このような共同作業から成り立っている。

原書*Gazing at the Stars—Memories of a Child Survivor*は、オーストラリアの出版社ブラック・インク(Black Inc.)より二〇一四年に刊行された。原題「星々を見つめて」は、エヴァの父親が娘たちとの別れに際して、困ったときには空の星に話しかけるようにと語ったことにもとづいている。そして、この星はユダヤ人が着用させられた「ダヴィデの星」でもあるだろう。

学習院女子大学准教授でユダヤ現代史、ドイツ現代史の研究者である武井彩佳氏が、エヴァのような「チャイルド・サバイバー」についてのすばらしい解説を寄せてくださった。訳出についても貴重なご助言をいただいた。スロヴァキアに留学経験をもつ早稲田大学文学学術院助手の井出匠氏からは、スロヴァキアをはじめとする中欧の言語と歴史について教えを受けた。おふたりに心からお礼を申し上げます。ただし、本書の訳文と註釈に、外国語のカナ表記の問題も含めて誤訳や瑕疵が見つかるとしたら、その責任は最終的に判断した訳者にある。最後に、亜紀書房の編集者である内藤寛氏、編集を担当してくださった寺地洋了氏にも深く感謝します。

時が癒やすことのない心の傷が存在することを、そしてトラウマとともに生きるエヴァが過去を語るためには、この本のどんなエピソードもひとつとして欠かせなかったことを、訳し終えたいまは実感できる。すべてを語り尽くすことなどおよそ不可能で、もしかしたら生き延びるために意識の底に沈めるしかない記憶もあったかもしれない。それでも、ひとりの少女がもてるかぎりの知恵と胆力をつかって極限状況から生還し、長い歳月を経たのち一冊の本を通して新しい世代にメッセージを送ろうとしている。そのことに尽きない敬意をいだく。

生きるための苦闘をつづけた当時のエヴァと同じ年頃の若い人たちに、本書を読んでもらえるなら、とてもうれしい。自分の命の先にある未来を見すえ、自分がこの世界から消えたあともそこに生きる人々、新たに生まれてくる人々が安寧であることを願いつづけるエヴァが、誰よりもそれを望んでいるだろう。

二〇一五年九月

訳者

1＊Holocaust Encyclopedia, USHMM. "The Holocaust in Slovakia"
http://www.ushmm.org/wlc/en/article.php?ModuleId=10007324

2＊Kate Legge, "Eva Slonim and the burden of bearing witness to Auschwitz"
http://www.theaustralian.com.au/life/weekend-australian-magazine/eva-slonim-and-the-burden-of-bearing-witness-to-auschwitz/story-e6frg8h6-1226893034411

解説
チャイルド・サバイバーの記憶

武井彩佳

チャイルド・サバイバーとは

近年、ホロコーストの「チャイルド・サバイバー（子供の生存者）」に関する本が増えている。その理由は明白だ。戦後七十年が経過し、ホロコーストを生き延びた人の大半がすでに他界した今、新たに言葉を紡ぐことができるのは、当時まだ子供であった人たちしか残されていないからだ。チャイルド・サバイバーは、まさに最後の「生き証人」である。

二〇一五年現在、世界中にどれだけのホロコースト生存者がいるのか正確な数は不明だが、イスラエルには約十九万人が暮らしている*1。もちろん、生存者の定義により数に違いが出るが、ここではホロコーストにより何らかの物理的影響を受け、迫害を生き残った者を生存者と見なすという、一般的な定義に基づいている。したがって、その中にはゲットーや強制収容所から生還した者だけでなく、パルチザンとして森に潜伏したり、「アーリア人」と偽って生活した者、さらにはドイツ軍の侵攻を逃れてソ連領内に避難・逃亡したため、比較的無傷で生き残った者もいる。この集団の現在の平均年齢は八十五歳、つまり戦争が終わった時点で十五歳である。これはまさにチャイルド・サバイバーの世代に該当する。

終戦時に十五歳ということは、迫害にさらされるようになった年齢はもっと低い。当人が当時どこに住んでいたかにもよるが、ユダヤ人の虐殺という意味で本格的なホロコーストが始まったのは一九四一年六月の独ソ戦開始以降とされるため、少なくとも一九四一年の夏から終戦の一九四五年五月以前の一定期間を、死の危険と隣り合わせで生きた子供たちである。ハーバード大学の比較文学者スーザン・シュレイマンは、チャイルド・サバイバーを「まわりで何が起こっているか理解するには幼すぎたが、ナチによるユダヤ人迫害の場に居合わせるには十分な年齢であった者たち」と定義している[*2]。本書のエヴァも、ナチによるチェコスロヴァキアの解体を目撃したのが七歳、「アーリア人」のふりをして妹のマルタと二人だけで暮らし始めたのが十二歳、アウシュヴィッツに送られたのが十三歳であった。

アウシュヴィッツの子供たち

子供がホロコーストを生き残ることがいかに可能だったのか、という問いがある。ましてやアウシュヴィッツのような絶滅収容所を、子供だけで生き残ることができるのか。この問いに対しては、強制収容所や絶滅収容所に送られた子供たちの圧倒的多数は、生き残ることができなかったとまず指摘しておく。ホロコーストの死者六〇〇万人のうち、一五〇万人は子供だ。その第一の理由は、子供は労働力にならなかったからだ。そしてまた子供は、特に幼児は、飢えや病気、暴力に抗する術を持たなかった。エヴァのように、妹のマルタと双子と間違えられたために、人体実験を行っていた医師メンゲレにより「選別」され、ある意味で「救われた」というケースは、例外的だろう。しかし、生き残ることが運と偶然の問題であったような場所では、何が例外で、何がそうでないのか問うこと自体に意味がない。アウシュヴィッツ＝ビルケナウへ送られたユダヤ人の子供の数は二十一万六〇〇〇人と見積もられているが、一九四五年一月二十七日にソ連軍がこの場所を解放したとき、生存者約九〇〇〇人のうち、子供は四五一人であった[*3]。

　ただしアウシュヴィッツに子供がまったく不在だったわけではない。この場所に送られた子供のうち、強制労働に選別され、したがって即時のガス室送りを逃れたのは六七〇〇人ほどと推定されている。また何らかの理由で、親と引き離されることを回避した子供もいた。さらにビルケナウには「家族収容区」と呼ばれる区画が一時期存在しており、ここにはチェコのテレージエンシュタット(テレジン)強制収容所から送られてきたユダヤ人が、子供や老人も含め、家族で収容されていた。到着時の「選別」がなく、また髪を剃られ、縞の囚人服を着せられることもなく、食糧も他よりよかった。「家族収容区」の大人は日中働かされたが、夜は子供たちと一緒になることができた。アウシュヴィッツでの平均生存期間は、大人でも数週間といったところだったが、比較的長期にわたって生存していた子供たちがいたのである。

「家族収容区」の囚人が優遇されていたのは、テレージエンシュタットがドイツへの国際的な批判をかわすための一種の「モデル収容所」として、その「人道的」な扱いを宣伝するための道具とされていたことと関係している。ナチ政府は一九四四年六月に当地への国際赤十字の査察団を許可するが、こうした外界の注視ゆえに、テレージエンシュタットから送った囚人をすぐに殺すわけにはいかなかったのだ。したがって、ビルケナウの死体焼却場からわずか数百メートルしか離れていない「学校」で、六歳から十四歳までの子供たちが――一時は五〇〇人を超えた――共に学び、親衛隊員の前でオペラさえ演じるという、実にグロテスクな状況が現実に存在した。

だが「家族収容区」での滞在期間は、六ヵ月と決められていた。その間に海外の親類らに「それほどひどくない場所」について書き送らされたのち、皆ある日一斉にガス殺され、新しくテレージエンシュタットから送られた人に入れ替わった。「家族収容区」は一九四四年七月まで存在し、その間にまたメンゲレの人体実験に「選別」されたり、もしくは偶然にガス殺を逃れたりして、生き残ることができた子供もいた。

非常に稀ではあったが、収容所内で生まれた子供もいた。しかし収容所で赤ん坊を育てることはほぼ不可能であったため、母親の同意のうえで、もしくは彼女らに知らされることのないままに、被収容者である医師や看護師らにより赤ん坊は始末された。実際、育てることは子供の苦しみを長引かせるだけであった。ビルケナウに収容されていたプリーモ・レーヴィは、口がきけず、名もなく、腰から下が麻痺した「フルビネク」について書いている。

フルビネクは三歳で、おそらくアウシュヴィッツで生まれ、木を見たことがなかった。彼は息を引き取るまで、人間の世界への入場を果たそうと、大人のように戦った。彼は野蛮な力によってそこから放逐されていたのだ。フルビネクには名前がなかったが、その細い腕にはやはりアウシュヴィッツの入れ墨が刻印されていた。フルビネクは一九四五年三月初旬に死んだ。彼は解放されたが、救済はされなかった。彼に関しては何も残っていない。彼の存在を証言するのは私のこの文章だけである。*4

多くの子供たちが、生きた痕跡をまったく残すことのないまま消えていったのだ。出生記録もなく、どこで死んだかもわからず、墓もない。

かくまわれた子供

ホロコーストにおいては、親や兄弟など、庇護《ひご》を与えうる者がまわりにいるかいないかで、子供の生存率には大きな差が出た。終戦直後、ヨーロッパのユダヤ人人口の年齢分布には地域により大きな偏りが生じており、およそ子供や老人を欠く地域もあった。対して、パルチザンとして森などに潜伏した集団には、子供どころか乳児さえが見かけられたと報告されている。

キリスト教徒の家庭や、教会の施設にかくまわれて助かった子供たちもいる。田舎の農家に預けられ、納屋や家畜小屋に隠れて暮らすのだが、他人にただ飯を食わせる余裕など、どこにもなかった時代である。またナチ占領下でユダヤ人をかくまうことは、自分の身を甚大な危険にさらすことを意味していたので、善意のみからの行動は実際にはかなり困難であった。したがって潜伏したユダヤ人が助かったケースでは、その背後にたいてい金銭的なやり取りがあったが、救済者への配慮からか、この点はあまり語られることがない。生き残りは、現実に金の問題でもあったのだ。それゆえに、子供が召使い同然にこき使われて虐待されたり、支払いができなくなったら密告され、放り出されたりすることも少なくなかった。エヴァの家族が、それぞれに悲惨な体験をしながらも、ユーディトを除き生き残ることができたのは、父親が裕福なビジネスマンであった事実に多くを負っている。

子供を救うために組織的な試みがなされることもあった。第二次世界大戦が始まる直前に、ドイツやオーストリア、チェコなどからユダヤ人の子供をイギリスへ送り出した「キンダートランスポート」の例が知られているし、フランスではル・シャンボン・シュル・リニョンという、プロテスタントが多く住む町が、町を挙げて迫害を逃れてくる子供たちを受け入れた。こうした子供は、教会の寄宿学校や修道院などにかくまわれ、キリスト教徒として生活した。フランスのルイ・マル監督の映画『さよなら子供たち』(一九八七年)は、寄宿学校に身を潜めるユダヤ人の少年ジャン・ボネとの友情と別れを描いているが、映画ではミサの聖体拝領の列に並ぶボネを、神父がさりげなくやり過ごすシーンがある。

親としては、一家で逃亡・潜伏生活を送るより、子供だけでも安全な場所へと考えて送り出すわけだが、実際にこれが永遠の別れになることが多かった。「アーリア人」として預けられた子供は、身元が判明しないよう、生みの親の写真も証明書も持たされることがなかったため、戦争が終わったときには実際の生年月日も、家族の名前もわからなくなっていることがあった。中でも、絶滅収容所へ向かう列車の窓から投げ出された乳幼児たちの場合、おおよそ身元は不明である。

戦後、こうした子供は孤児院に入れられ、親戚が現れるのを待つか、自分の出自を知らぬまま里親の下で育ったりした。彼らには、推定の生年月日が与えられた。ときには親権をめぐる長い裁判が続くこともあり、また子供自身が里親のもとから離れたがらないこともあった。なにせ、戦時中は教会の反ユダヤ主義の受容も含め、キリスト教徒になりきっていた子供たちだ。ユダヤ人であることはむしろ死を意味すると理解していたため、ユダヤ人に対する拒否反応を示すようになった子供たちの例が報告されている。彼らは孤児院で「ユダヤ人の汚い手で触るな」と叫び、「ユダヤ人に戻りたくない」と涙して訴えたのである*5。

生き残った子供にとって、戦争の終わりはホロコーストの終わりを意味しなかったというのはあながち誇張ではないだろう。まず、親から「捨てられた」という思いがあり、また自分はいったい何者なのかという、不安定なアイデンティティに苦しむ日々が始まった。断ち切られた過去は現在につながらず、そのトラウマを語ろうとすれば、「子供がそんなに小さいときのことを覚えているわけがない」と一蹴された。似たような体験をしたチャイルド・サバイバーが声を上げるようになったのは、一九九〇年代に入ってからのことである。一九九一年にニューヨークで初めてかくまわれた子供たちの世界大会が開かれ、以来、ヨーロッパ各国に支部が生まれていった。

ポーランド、タルヌフのゲットーで生まれ、ゲットーが「一掃」される前に母と共に脱出し、戦時中ワルシャワで熱心なカトリック教徒として育てられたフェリシア・Gも、チャイルド・サバイバーの活動に参加してきた一人である。フェリシアは、ポーランド軍兵士の父親は戦争で行方不明で、アパートに身を潜める男性は「叔父」だと聞かされて育った。夜中、母親に突然起こされて、「誰と一緒に住んでいるの？　お母さんのほかに誰かいるの？」といった質問に正しく答えられなければ、寝させてもらえなかったという。フェリシアは一九四七年にポーランドを去るときになって、初めて自分がユダヤ人であり、かつ「叔父さん」は実の父であることを知らされた。以来彼女は自分が自分であることを許されない感覚に苦しめられ、ホロコースト生存者とコンタクトを求めるようになった。彼女が欲したのは自分の体験が認知されることだったが、ホロコースト博物館で語り部としてのボランティアを申し出たところ、「あなたは本当の意味での生存者ではない。あなたにはそれとしての資格がないし、記憶もない」と断られたという[*6]。苦しみの認知は、チャイルド・サバイバーにとって、自らの過去との和解するための最初の一歩であった。

記憶と歴史

では、過去を探求する学問である歴史学は、体験者の記憶というものをどのように扱ってきたのだろうか。チャイルド・サバイバーで、のちに歴史家となり、専門家としてホロコーストを扱うようになった人は少なくない。それはまさに自分の体験に説明を与える試みであっただろう。

例えばホロコースト史家として有名な、サウル・フリートレンダーだ。彼は一九三二年にプラハにドイツ語を話すユダヤ人の家庭にパヴェル(パウル)・フリートレンダーとして生まれ、ドイツの侵攻に際し一家でフランスへ逃げ、ポールを名乗るようになった。九歳でモンリュソンという町のカトリックの寄宿学校に身を潜めたときには、ポール＝アンリ・フェルランという、いかにもフランス風の名前を名乗っていた。彼はカトリックの洗礼を受け生き延びるが、両親はアウシュヴィッツへ送られ、殺害されている。戦後になって両親の最期を知り、シオニストとなり、イスラエルへ移住して、ヘブライ語名のシャウールを名乗るようになったが、最終的に落ち着いたのは、サウルという四番目の名前であった。ポールとシャウールという、それぞれに人生の一時期であった名前の中間をとったのだという。こうした自分の数奇な半生を、歴史家というよりは、記憶と葛藤する一人のチャイルド・サバイバーとして、『記憶が訪れるとき…』と題された回想録に記した[*7]。

この本は、歴史と記憶の問題についての議論を切り開くことになるが、一般に歴史家は、記憶という頼りないものを手段として過去に遡ることに否定的であった。ランケ以来の実証史学の伝統は、困難な状況で判断力が低下する人間的な人間よりも、抹殺されるべきヨーロッパ・ユダヤ人の総数を一一〇〇万人と記したヴァンゼー会議の議事録や、ユダヤ人を運ぶ列車の時刻表のような紙に書かれたものの方が、「客観的」な歴史を伝えると考えてきた。例えば、『ヨーロッパ・ユダヤ人の絶滅』を著したラウル・ヒルバーグは、生存者の証言の価値には非常に懐疑的であり、その記憶はあまりにも不正確であると考えていた。現に、これまでにユダヤ人虐殺の実行者を裁く裁判が数多くあったが、ニュルンベルク裁判も然り、一九四〇年代、五〇年代ではホロコースト生存者の証言は証拠としてあまり採用されてこなかったのである。被害者の客観性に対する疑念、又聞きの可能性——こうしたものを考慮しても、人間の記憶に対する不信があった。記憶は首尾一貫せず、ときには「事実」とされることに真っ向から挑戦する。ましてや、子供の記憶ほど不確かなものがあるだろうか。

さらに歴史と記憶は、相互補完的でさえもない。そもそも、ホロコーストが展開していたその瞬間を生きていた人間には、自分の置かれた状況を説明することはできない。自分はなぜここにいるのか、どうしてここに連れてこられたのか。他の場所、他の時点ではなくて、なぜいま殺されようとしているのか。一九四四年七月二〇日、ギリシアのロードス島から本土へ向け約二〇〇〇人のユダヤ人が船で送り出された。アウシュヴィッツへ移送するためである。灼熱の太陽の下、海上に揺られるユダヤ人には、同じその日に東プロイセンの総統本営ヴォルフスシャンツェで、会議中に時限爆弾がさく裂し、ヒトラーの暗殺計画が未遂に終わったことを知る術もない。人間は、鳥のように上から地上を眺めることもなく、神のように遍在してもいない。

ホロコーストに飲みこまれた人々は、いわば、ひとつひとつの点である。ホロコーストを、ヨーロッパ各地で同時に進行していた事象として、点ではなく面で明らかにすることができるのは、後世の人間のみである。それが歴史家の仕事である。当事者の知りようのなかった事実が掘り起こされ、複数の出来事の関連性が浮かび上がり、こうしてホロコーストのさまざまな側面が説明可能となった。それでも歴史と記憶の関係は、不安定なまま残されている。

最近、イスラエルの歴史家オトー・ドフ・クルカが『死の都の風景』（二〇一四年）という本を出している。彼は十歳でアウシュヴィッツに送られ、先述したビルケナウの「家族収容区」を生き残った人物であるが、おおよそ七十年の沈黙ののち、自分の体験したアウシュヴィッツについて書いた。ここには色、音、残像、夢に繰り返し現れるものなど、関係性の不明な断片が溢れ、時間軸もない。きわめて非歴史的な本である。そして彼の記憶は、よく知られるようになった歴史的事実とは無関係に、漂い続ける。例えば、彼の記録からは「収容所の世界の日常茶飯事」とされているもの、「つまり暴力、虐待、拷問、殺人」がほぼ欠落している。もちろんクルカが死を目撃しなかったわけではなく、覚えていないわけでもない。しかし、彼の記憶においては、暴力は大きな場所を与えられていない。クルカはこう書いている。

私は自分に問いかけざるを得ない。記憶の中に、暴力や残虐な行為が何か残っていないかと。そうした記憶がほとんどないことに、私は戸惑いを覚える。*8

記憶は本質的に恣意的である。何が記憶に残るのか。それはどのような順位で並べられているのか。また何を忘れるのか。もしくはどのような記憶を意識の深層に抑圧し、あったことすら思い出せないのか。砂をふるいにかけると大きな砂利は残るが、必ずしも大きな出来事が記憶に残るとも限らない。

「真正」なる記憶を求めて

言ってみれば、われわれは「真正」なるホロコーストの記憶がどこかにあるように思い、これを探し求めてきたのだ。しかし、連写された被写体の静止画像のような、「本物」の記憶などあるのだろうか。

マイダネクとアウシュヴィッツという、二つの絶滅収容所を生き残ったチャイルド・サバイバーとして、幼少期の記憶を記したとする自伝『断片』一九九五年に発表し、数々の文学賞を受賞したビンヤミン・ヴィルコミルスキーという人物がいる。彼はリガのゲットーで生まれ、ホロコーストで家族をすべて失うが、自分だけ生き残り、戦後スイス人家庭に養子として迎えられたと語った。彼には、写真のように鮮明だがとぎれとぎれの映像と、聴覚など体の感覚に基づいた記憶しかないという。ヴィルコミルスキーは、「この切れ切れの記憶を、わたし自身とわたしの幼少期を究明するために書いた」と言う。そして同じように幼少期の記憶と格闘する世界中のチャイルド・サバイバーに、自分たちは「一人っきりではない」と呼びかける*9。

この本が有名になると、ヴィルコミルスキーを知っているという人が世界中から名乗り出てきた。終戦直後にクラクフの孤児院で一緒だったと言う人がいたり、イスラエルからはビンヤミンはホロコーストで死んだと思っていた自分の息子かもしれないと言う人が現れて、ＤＮＡテストまで実施された。

ヴィルコミルスキーは、自分がいかに生き残ったかについては、詳しく語っていない。そもそも幼い子供であったし、自分がどこに連れて行かれたのかよくわかってはいなかったので、もっともなことである。ただし本全体は、われわれがよく知っており、見たことのある風景がちりばめられている。収容所のバラックを濡らす冷たい雨が作った黒いぬかるみ。手押し車に積まれた死体の山。犠牲者の服が大量に保管されている倉庫。ヴィルコミルスキーはこの倉庫で服の選別を行う女たちにより、服の山の中に隠されて、ガス室送りを逃れたという。

そこでわれわれは推測する。その場所は、アウシュヴィッツ＝ビルケナウで「カナダ」と呼ばれた保管庫に違いない。ここで働いていた人間は、生き残る可能性があったと言うではないか。

こうしてヴィルコミルスキーの記憶の断片は、われわれが有する知識によって補完される。アウシュヴィッツの情報は、映画、写真、歴史書、小説、証言、ありとあらゆる媒体に溢れている。われわれは当時のアウシュヴィッツを、そのバラックの配置さえも、なんとなくイメージすることができる。

ヴィルコミルスキーの記憶の真正さに疑義を申し立てたのは、同じチャイルド・サバイバーではなく、むしろ歴史家たちであった。子供が二つの絶滅収容所を生き残ることの可能性の低さが指摘された。そうする間に、ヴィルコミルスキーは本名をブルーノ・グロジャンといい、ユダヤ人でさえなく、非嫡出子として戦時期をスイスで育ったことをジャーナリストにより暴露された。

生存者の記憶は、どこまで「真正」か。子供の記憶はどこまで「信用できる」のか。証言とは、結局、構成されたナラティブではないか――こうした、正面から問うには多少居心地の悪い問いは、ホロコースト証言に内在する問題として意識されてきた。イェール大学や、スピルバーグ監督が設立したショアー・ビデオ・アーカイブなどが中心となって収集してきたホロコースト証言の数は、現在十万を超える。同時にその問題点も、指摘されて久しい。

例えば証言は、質問次第で、いかようにも構成されうる。生存者の側も、聞き手が何を欲しているかを察し、期待に添った話をすることもある。逆に、聞き手の想定に対抗するような話をする人もいる。また、他者に対して繰り返し語ることで、「無駄な」部分が削がれ、語りのスタイルは洗練され、聞き手を飽きさせない「お話し《ナラティブ》」に仕上がることもある。また、あえて語られない話もあるだろう。特に女性に対する性暴力、嬰児《えいじ》殺し、ユダヤ人同士の裏切り、復讐などについて、生存者の口は重い。

心理学者で三十年以上にわたり無数の生存者のインタヴューを手掛けてきたヘンリー・グリーンスパンは、生存者が語ることは聞き手に影響され、また生存者が聞き手をどのように認識しているかによって影響されると指摘している。そして「こうした影響が個々のケースでいかに表出するかを予測するのは非常に難しい」とも言う[*10]。また、生存者の記憶にあとから得た情報、つまりあとづけの知識が組み込まれ、記憶が修正されることがあっても、それは不可避である。ホロコーストの情報は社会に溢れ、これらを通して記憶は常に更新され、語ることで上書きされている。したがって、われわれは生存者の記憶や証言の性質について理解したうえで、これとつき合う必要がある。

近年では、こうした理解のうえに新たな研究が展開されている。ホロコースト研究の碩学、クリストファー・ブラウニングが、ほぼ生存者証言のみから、ある労働収容所の歴史を再構成している。ブラウニングは、この特定の労働収容所の生存者のコミュニティにおいては、かつての収容者同士が接触することにより、集団の記憶は時間と共に均質化するだろうと予測していた。ブラウニングは実証史学の代名詞のような人であるが、彼が驚きをもって発見したことには、生存者の証言は出来事から長い時間が経過しても、ほとんど「ぶれる」ことがなく、非常に安定していたのである[*11]。先に引用したグリーンスパンが、証言の安定性の理由を説明するかもしれない。彼は、生存者が語るものは、「記憶」という言葉で最も適切に表現されるとは限らないという。なぜなら「生存者の最も深い考察は、彼らが『記憶』していることについてではなく、彼らが『知って』いること、骨の髄から『知って』いることについてである」からだという[*12]。人間がその知覚、精神、存在全体で「知った」ことは、どれだけ時間がたっても、その人に深く刻み込まれ、消えることがない。

生存者不在の時代を前に

エヴァの体験が七十年後に本になり、意地の悪い質問をする人がいるだろう。ここに創作はないか。又聞きしたものが、自分の見たこと、聞いたこととして書かれていないか。あとづけの知識で説明されているものはないか――歴史的事実を認めたくない人、都合の悪い過去に向き合いたくない人は、必ず当事者の記憶に難癖をつけるところから始めるものだ。歴史修正主義は、いつもドアの隙間から中に入るすきを狙っている。

そうした悪意ある問いに対して、記憶や証言の複雑性、重層性を認識するならば、われわれは「あるかもしれない」と答えざるを得ないだろう。そうだとしても、エヴァの体験が減じることはない。なぜなら、ここに語られているものは、彼女がまさに「骨の髄から知っている」ことに違いないからだ。

むしろ、これはわれわれの受け止め方の問題である。あと十年ほどで、ホロコースト生存者がこの地上に誰一人として存在しない時代が来る。いまやホロコーストは、建造物の痕跡を調べたり、集団埋葬地の地形や植生の変化のデータを重ねて解析するといった「考古学」的手法で研究され始めている。これからは、「ホロコースト第二世代」と呼ばれる生存者の子供たちへの心理的影響や、生存者亡きあとの記憶の継承の問題に、ますます研究の重点が移っていくだろう。

こうした中でエヴァが残すのは、生存者不在の時代を目前に、われわれはどうあるべきかという問いである。家族から暴力的に引きはがされ、愛着のあるものや習慣、故郷を失い、子供が目にすべきではないものを見るということ、つまり子供時代を奪われるということが何を意味するのか、わたしたちは想像することしかできない。想像したとしても、よくはわからない。アウシュヴィッツの寒さや飢えや渇きを、われわれが本当の意味で知ることはない。だから映画や本や博物館といったものが、われわれを一種の疑似体験に誘い、こうしたものの助けを借りて、われわれは彼らの体験に思いをめぐらせている。

しかし、そうだからといって、想像することをやめてはならない。想像力が欠如するところに、他者への無関心が生まれる。そこから、人間の自由の蹂躙《じゅうりん》が始まる。想像することで、人間は人間におしとどまっている。エヴァは、わたしたちが人間としてあるための営みに、そっと呼び入れてくれたのである。

［たけい・あやか　ドイツ史］

1＊イスラエルでホロコースト犠牲者の援助を行うNGOの二〇一四年報告書による。
http://k-shoa.org/Eng/_Uploads/dbsForms/hss2014.pdf

2＊Susan Rubin Suleiman, "The 1.5 Generation: Thinking About Child Survivors and the Holocaust," *American Imago*, 59.3, Fall 2002, p.277.

3＊Holocaust Encyclopedia, USHMM. http://www.ushmm.org/learn/holocaust-encyclopedia

4＊プリーモ・レーヴィ『休戦』岩波書店、二〇一〇年、三五頁

5＊Joanna B. Michlic, "'The War Began for Me After the War': Jewish Children in Poland, 1945-49," in: Jonathan C. Friedman (ed.), *The Routledge History of the Holocaust*, Oxton: Routledge, 2012, p.489.

6＊Felicia G., "A Very Lucky Woman," *The Hidden Child: Newsletter Published by Hidden Child Foundation*, Winter 1998/1999, p.10.

7＊Saul Friedländer, *Quand vient le souvenir...*, Paris: Éditions du Seuil, 1978.

8＊オトー・ドフ・クルカ『死の都の風景——記憶と心象の省察』壁谷さくら訳、白水社、二〇一四年、七一頁

9＊ビンヤミン・ヴィルコミルスキー『断片——幼少期の記憶から1939-1948』小西悟訳、大月書店、一九九七年、一七九頁

10＊Henry Greenspan, *On Listening to Holocaust Survivors: Beyond Testimony*, St. Paul: Paragon House, 2010, p.43.

11＊Christopher R. Browning, *Remembering Survival: Inside a Nazi Slave-Labor Camp*, New York: Norton, 2010.

12＊Greenspan, *op.cit.*, xiii.

著者◆
エヴァ・スローニム〔旧姓ヴァイス〕
Eva Slonim 〔née Weiss〕
1931年、スロヴァキアのユダヤ人家庭に生まれる。
名目上の独立を果たしながら実質的にはナチス・ドイツの支配下に置かれた同国から、
13歳のとき、アウシュヴィッツに強制移送され、生還する。
1948年、家族とともにオーストラリアのメルボルンに移住した。
1953年、ベン・スローニムと結婚。
5人の子をもうけ、ヨーロッパで喪失したものを取り返すというたっての願いを叶え、
多くの孫、曾孫にも恵まれた。
天性の語り部として、教育と共同体のために尽力し、
戦時と絶滅収容所の体験を公の場で長年語りつづけてきた。
本書は、エヴァとの対話から詩人で作家のオスカー・シュウォーツが文章を起こす、
また一部はエヴァの草稿にシュウォーツが対話をもとに加筆するという方法でまとめられた。
刊行された本国オーストラリアはもとより、全世界から衝撃と感動をもって迎えられている。

訳者◆
那波かおり
なわ・かおり
英米文学翻訳家。おもな訳書に、ナオミ・ノヴィク『テメレア戦記』シリーズI〜VI〔ヴィレッジブックス〕、
スタジオジブリ責任編集『THE ART OF インサイド・ヘッド』〔徳間書店〕、
ポーリン・W・チェン『人はいつか死ぬものだから』〔河出書房新社〕、
ジョン・ケインメーカー『メアリー・ブレア——ある芸術家の燦きと、その作品』〔岩波書店〕など。

亜紀書房翻訳ノンフィクション・シリーズⅡ-5

13歳のホロコースト
少女が見たアウシュヴィッツ

2015年11月2日 第1版第1刷 発行

著者◆
エヴァ・スローニム

訳者◆
那波かおり

発行所◆
株式会社亜紀書房
郵便番号 101-0051 東京都千代田区神田神保町1-32
電話 03-5280-0261
http://www.akishobo.com

印刷・製本◆
株式会社トライ
http://www.try-sky.com

装幀◆日下充典
本文デザイン◆KUSAKAHOUSE

ISBN978-4-7505-1435-2 C0022